DREAMBOOKS

DREAMBOOKS

DREAMBOOKS

마탑의 사서

양인산 판타지 장편소설
ORIGINAL FANTASY STORY & ADVENTURE

마탑의 사서 4

초판 1쇄 인쇄 2017년 2월 23일
초판 1쇄 발행 2017년 3월 6일

지은이 양인산
발행인 오영배
기획 박성인
책임편집 황지희
일러스트 MJ
제작 조하늬

펴낸곳 (주)삼양출판사 · 드림북스
주소 서울시 강북구 도봉로 173
대표 전화 02-980-2112 **팩스** 02-983-0660
편집부 전화 02-980-2116 **팩스** 02-983-8201
블로그 blog.naver.com/dreambookss
출판등록 1999년 3월 11일 제9-00046호

ⓒ 양인산, 2017

ISBN 979-11-313-0446-4 (04810) / 979-11-313-0442-6 (세트)

+ (주)삼양출판사 · 드림북스의 서면 허락 없이는 어떠한 형태나 수단으로도 이 책의 내용을 이용하지 못합니다.
+ 지은이와 협의하에 인지는 생략합니다. 잘못된 책은 구입한 곳에서 바꾸어 드립니다.
+ 이 도서의 국립중앙도서관 출판시도서목록(CIP)은 서지정보유통지원시스템홈페이지(http://seoji.nl.go.kr)와
  국가자료공동목록시스템(http://www.nl.go.kr/kolisnet)에서 이용하실 수 있습니다. (CIP제어번호: 2017004959)

드림북스는 (주)삼양출판사의 판타지 · 무협 문학 브랜드입니다.

ORIGINAL FANTASY STORY & ADVENTURE
양인산 판타지 장편소설

마탑의 사서 ④

목 차

Chapter 01 결투　　　　　　　　… **007**

Chapter 02 세기어 왕국의 초청　… **075**

Chapter 03 세기어 왕국　　　　　… **109**

Chapter 04 드워필리지　　　　　… **153**

Chapter 05 포드　　　　　　　　… **199**

Chapter 06 발렌의 눈물　　　　　… **249**

Chapter 01
결투

<결투>

1. 결투는 결투 상대가 보는 앞에 장갑을 떨어뜨려 신청한다.

2. 결투는 본인이 나서야 하지만, 전력 차가 날 경우 대리자를 정할 수 있다. 단, 자신을 위해 싸우겠다고 하는 자만이 대리자로 인정된다.

3. 결투 상대가 기사가 아닌 마법사일 경우 마법과 무기를 동시에 사용할 수 있다.

4. 패배자는 결과에 모두 승복하며, 결투에서 패배하여 목숨을 잃어도 승리자는 어떠한 책임도

지지 않는다.
　―『귀족들의 명예』中 발췌―

　　　　　＊　　＊　　＊

"이런 바보 같은 놈!"
철썩!
센티스 백작이 휘두르는 따귀 소리가 방에 울려 퍼진다.
따귀를 맞은 이반의 고개가 돌아갔다. 그가 멍하니 센티스 백작을 바라보았다. 설마 실패했다고 따귀를 갈길 줄 상상도 못했기 때문이다.
"아버지?"
"내 기껏 언변이 뛰어난 자를 붙여 주었는데 아무것도 못 해?"
사석 회의에 있던 일을 전부 전해 들은 센티스 백작은 화를 참지 못하겠다는 듯 보였다.
이반도 뛰어난 언변으로 잠깐이나마 참석자들을 사로잡았지만, 엘리즈의 시선을 사로잡는 것까지는 실패했다.
이번 사석 회의에 참석했던 귀족들이 하나같이 발렌을 칭찬하고 있던 까닭에 이반이 밀렸다는 것을 알 수 있었다.

다른 사람도 아니고 평민의 언변에 밀려 자신을 드러내지 못했다는 것에 화가 나 손부터 나가 버렸다.

"내가 얼마나 네게 기대했는지 알고나 있느냐? 다른 귀족들에게 밀렸으면 이토록 화가 나지는 않았을 것이다. 한데 고작 평민에게, 사석 회의란 것조차 몰랐을 평민 따위에게 밀려 아무것도 못 하다니. 이 얼마나 한심한 꼴이더냐!"

센티스 백작이 크게 실망할 것이라고는 생각했지만, 이렇게까지 분노할 것이라고는 상상도 못 했다.

평소 아들에게만큼은 손찌검을 하거나 매를 드는 일이 없던 아버지였기에 이반은 당황해서 제대로 말할 수 없었다.

"어서 가라."

"예? 어딜 말씀이십니까?"

"그놈을 다시금 말로 매장시키던, 묵사발을 내던 어떻게든 해오란 말이다! 일개 평민 따위에게 그런 굴욕을 당하고 왔으면 뭐라도 해야 할 것 아니더냐! 이로 인해 내가 지금까지 세운 계획들을 물거품으로 만들 속셈이더냐!"

"……."

이반은 그가 진정으로 화가 난 이유를 마지막 말에서 알 수 있었다.

'그렇군.'

아버지가 화난 이유를 이해한 뒤 여태까지 눈치채지 못한 자신에게 실망했다.

아버지의 탐욕이 굉장하다는 것은 오래전부터 알고 있었다. 그런데 그것을 위해 자신의 후계자마저 이용하려고 하다니. 아버지에게 실망했다.

'지금까지 내가 한 노력은 아버지의 욕심과 욕망을 채우기 위한 일이었던 거였어.'

그것을 너무 뒤늦게 깨달았다. 그래도 아버지라고. 자식을 위해 뭔들 못하겠느냐고 철저히 믿었는데, 그 믿음이 완전히 박살 나 버렸다. 하나…… 아무리 그래도 자신의 아버지였다.

"대답은?"

"……알겠습니다, 아버지."

실망스러운 모습을 발견했다 하더라도 아버지였다. 거역할 수 있을 리 없었다. 하지만 그 실망감은 그대로 남았다. 아마 이 실망감은 평생 씻을 수 없는 아버지에 대한 평가로 이어질 것이다. 그는 독기가 가득한 얼굴로 센티스 백작을 바라보았다.

"모두 제가 해결해 드리지요."

"그래, 그럼 됐다. 잠시 내가 흥분했다. 미안하다"

센티스 백작이 그를 꼭 끌어안았다. 다정한 손길. 그러나 센티스 백작은 자신의 아들이 언제까지고 어린애가 아니라는 것을 모르는 모양이었다.

무엇보다 이반은 아버지를 닮아 안 좋은 일을 파악하는 것에는 남다른 재능이 있었다.

이전이었다면 이 행동으로 방금 전까지의 실망감이 눈 녹듯 사라졌을지도 모르지만, 지금의 그에게는 오히려 추악한 모습으로 기억되었다.

* * *

연회는 어느덧 막바지에 접어들고 있었다. 많은 선물을 받고 사석 회의까지 마친 엘리즈는 한숨 놓고 연회장에서 귀족들과 함께 어울릴 수 있었다.

'이제 내일이 끝이로군.'

사실상 마시고, 먹고, 춤을 추는 연회는 오늘이 끝이다. 일정대로라면 내일 정오쯤 귀족들이 다시 돌아갈 것이다. 저녁이 되었음에도 대낮처럼 밝은 홀 안은 여전히 활기가 넘쳤다.

발렌은 엘리즈와 함께 귀족들과 대화를 나누고 있었다. 사석 회의에서 꽤나 활약한 발렌은 이미 귀족들의 관심을 받고 있는 것이다.

평민이지만, 그의 말에서는 귀족들이 영감을 얻을 그런 말들이 많이 나오기도 했다.

책을 많이 읽은 덕분에 알게 모르게 책에서 봤던 단어들을 많이 사용하는 까닭이다.

이것이 교양을 강조하는 귀족들을 끌어 모으게 된 결정적인 이유였다.

"읽을 책이 없어서 그런데, 자네는 어떤 책을 많이 보나?"

"전 종류에 관계없이 책을 봅니다."

"그럼 추천해 줄 수 있겠나?"

"세디나르 작가의 나무꾼을 추천해드립니다. 전쟁에 징집된 순박한 나무꾼이, 점차 변해 가는 모습은 소름이 돋지요."

"내 요즘 마이시 작가의 파라의 습지를 읽고 있네만. 자네는 어떻게 생각하나?"

"파라의 습지도 나쁘지 않죠. 약간 어두운 분위기에 초반에 사람들이 많이 떨어져 나가지만, 읽다 보면 깊이 빠지게 되는 매력이 있죠."

그 덕분에 평민이어도 교양이 넘친다는 느낌을 주어 책을 좀 읽는다 하는 이들은 발렌에게 다가와 책을 추천 받거나, 읽은 책에 대해 이야기를 나누었다.

한참을 그렇게 대화만 나눴을까. 슬슬 목이 아파지자, 그는 아무도 모르게 슬그머니 자리에서 자연스럽게 빠져나왔다.

자리에서 빠져나오고 발코니에 도착하자, 언제부터 따라온 것인지 이바나가 그의 옆으로 다가왔다.

"아주 인기가 하늘을 찌르고 있구나?"

"보고 계셨어요? 세기어 왕국의 사신과 대화를 나누고 계신다면서요?"

"세기어 왕국의 사절단은 오늘 돌아간다고 해서 많은 대화를 나누지는 못했어. 그래서 중간부터 너에게 갔는데 귀족들에게 엄청 둘러싸여 있더라고."

괜히 끼어들면 자신도 그 대열에 합류해 목 아프게 대화나 나누겠구나 싶어서 숨어서 지켜봤다는 모양이다. 발렌은 피식 웃으며 반응해 주었다.

"사석 회의에서 어떤 일이 있었는지도 황녀님께 직접 다 들었어. 생각한 것보다 아주 대단하다고 칭찬하시던데?"

그녀가 그렇다고 하니 자신이 잘하긴 한 모양이라 안심했다.

실제로 황제도 그가 사석 회의에서 잘 조율했다는 것을

들고 자신의 안목이 틀리지 않았다며 웃었다고 한다.

발렌은 이바나가 해 왔던 것과 조금 달리했다.

그녀는 다른 이야기가 진행되면 본 주제로 돌리지 않고 발언권만 골고루 넘기는 식이었다.

그 반면 발렌은 사석 회의를 열어 황제가 직접 내 준 주제에서 새어 나가지 않게, 다른 이들도 말할 수 있도록 잘 조율했다.

그 덕분에 사석 회의는 다른 이야기로 새어 나가지 않았고, 시간이 될 때까지 황제가 직접 내려 준 주제를 가지고만 회의를 했다.

'센티스 백작가의 장남이 아주 기를 쓰고 눈에 띄려고 했지만…….'

이반만 아니었으면 좀 더 원활했을 텐데, 그가 너무나 집요하고 계속 치고 나오려고 하기에 발렌도 상당히 고역이었다.

티를 내지는 않았지만 몇 번이나 짜증이 나려고 했었다. 간신히 다시 원래 주제로 돌려놓으면 다시 치고 나오려고 했다.

아마 그때부터 자신이 밀리고 있다는 걸 깨달았을 것이다.

덕분에 발렌도 기분 상한 티가 나지 않게 조심해야 했기에 고생이 이만저만이 아니었다.

"말만 하는 것도 이리 힘든 줄 오늘 처음 알았네요. 덕분에 오늘 아침에 일어났을 때 목이 따끔거리더라고요. 지금은 좀 괜찮아졌지만요."

"엄살은. 난 사석 회의가 끝날 때마다 목이 아파서 며칠 동안 제대로 대화도 못 나눴었어. 마법사에게 캐스팅은 가장 중요한 건데 캐스팅을 못할 정도로 목이 쉬어 본 적 있어?"

자신에 비하면 별것 아니라는 듯 이바나가 피식 웃었다. 발렌의 경우 자신이 말하는 것보다 타인에게 말을 시키는 쪽으로 해서 이 정도다. 만일 이바나처럼 했었더라면 그녀의 꼴이 났었을 것이다.

그들은 실없이 웃었다.

처음의 걱정과 달리 큰 탈 없이 연회를 무사히 넘겼다는 것에 안심이 되었다. 오늘 마지막 연회만 즐기면 다시 정상적인 일상으로 복귀하는 것이다. 이런 자리는 발렌이 불편해서 못 있을 것 같았다. 이제 끝이 다가오니 안심이 되어 얼굴마저 풀어진 발렌. 그러나 곧 그의 눈살이 찌푸려졌다.

"여기 있었군. 줄곧 찾아다녔네."

이반이 발렌에게 다가온 까닭이다.

'이반 벤 센티스.'

이번 연회에 왜 이렇게 센티스 가문과 만날 일이 많은 걸까. 제발 좀 만나지 말았으면 했는데, 계속 다가오니 기분이 나빴다. 센티스 가문과 만나면 표정 관리를 해야 해서 피곤했다.

그는 웃는 낯짝으로 발렌에게 다가왔다.

"사석 회의에서 자네의 언변에 감탄했어."

"감사드립니다."

"자네의 그 언변을 나도 배우고 싶을 정도야."

"과찬이십니다."

발렌은 제발 자신에게 관심을 갖지 말라는 듯 최소한으로 대답했다.

얼른 떨어져 나가기를 원했지만, 이반도 센티스 백작 못지않게 집요한 구석이 있었다.

"그대와 같은 언변은 타인을 끌어모으는 역할을 하지. 그 재능이 내게도 필요한데, 자네를 도저히 못 따라가겠더군. 솔직히 말하지. 난 자네를 내 옆에 두고 싶어."

"예?"

"센티스 백작가에서 일할 생각이 없냐는 말이야. 우리 도서관에 일할 사람들이 부족하다는데, 자네라면 일할 자격이 충분히 있어."

이바나가 옆에서 말도 안 되는 소리라는 듯 피식 웃었다. 대륙 최고의 도서관으로 꼽히는 세인브리트 도서관의 사서에게 고작 일개 변방 영지의 도서관에서 일할 생각 없냐고 물어보다니.

 발렌도 이바나와 같은 생각이었다. 변방 영지 사이에서 최강으로 군림하고 있다고 하더니, 아버지나 아들이나 아주 기고만장해져 있다는 생각이 들 수밖에 없었다.

 '고작 변방 영지의 도서관에서 일할 바에야 세인브리트 마탑 도서관이 훨씬 낫지.'

 발렌이 고작 변방 영지의 도서관에서 일할 이유가 전혀 없었다.

 그러나 이반은 마치 믿는 구석이 있다는 듯 말을 이었다.

 "동쪽 끝에 걸친 영지인 덕분에 다른 국가의 책들도 많이 오는 편이네. 듣자 하니 자네는 엄청난 책벌레라는데, 타국의 책들에는 관심이 없나?"

 "타국의 책 말씀이십니까?"

 발렌은 딱히 관심이 없다는 듯 보였다. 아니, 관심이 없다고 하기보다는 굳이 그것에 혹할 필요가 없었기 때문이다.

 들어오는 시기나 서적의 종류의 차이만 있을 뿐, 세인브리트 마탑 도서관에는 타국의 유명한 책들도 꽤 많이 들여오고 있다.

지식과 배움을 탐구하는 데 나라는 관계없다는 것이 세인브리트 마탑의 전통이다. 세인브리트 마탑 도서관의 내부 사정을 모르는 이반이기에 이런 말을 할 수 있을 것이다.

"풋!"

결국 이바나가 참지 못하고 소리 내어 웃고 말았다. 이반의 시선이 그녀에게로 향했다. 자신의 가문을 무시하고 있다는 것으로 비춰졌기 때문이다.

실제로도 그랬다. 번데기 앞에서 주름잡는 것도 정도가 있지, 그는 정도가 너무 심했기 때문이다.

얼마나 자신의 가문에 대한 자부심이 대단하면 그런 이유를 들며 세인브리트 마탑 도서관의 현직 사서를 고용하려고 한단 말인가.

발렌도 그녀처럼 웃고 싶었지만, 면전에 대고 웃을 수 없으니 웃음을 억눌러 간신히 참아 냈다.

"제안은 감사드립니다. 하나, 저는 아직 할 일이 있기 때문에 센티스 가문에서 일할 수 없습니다."

이반은 자신의 제안을 거절했다는 것에 기분 나쁘다는 듯 보였다.

그러나 마치 의도대로 되고 있다는 것처럼 보이기도 했다. 뭔가 수상쩍은 냄새가 났다.

'뭔가 다른 목적이 있어 접근한 건가?'

그럼 그 목적이 뭘까? 그의 눈빛에 독기가 차 있는 것을 보니 보통의 목적은 아니리라 보았다.

"고작 평민 따위가 내 제의를 거절해?"

그의 눈에 독기가 차오르자, 이바나가 발렌의 앞으로 나오며 그를 지키듯 앞에 섰다.

"제의를 거절당해서 기분 나쁜 건 이해하겠지만, 적당히 하시죠?"

귀족들은 쉽게 남에게 제의를 하지 않는다. 그만큼 제의를 가볍게 하지 않는다는 뜻이다. 그러나 제의를 한 자의 사정도 생각해야 될 문제다.

아무리 귀족이라도 가지고 있는 권력을 남발하는 건 옳지 않다.

이바나도 이쯤 되니 일부러 발렌에게 해코지하려고 술수를 쓰고 있다는 것을 느끼고 있었다.

"아니, 이대로는 절대 물러나지 않을 것이야!"

갑자기 그가 큰 소리를 쳤다. 그 외침에 이바나와 발렌이 동시에 깜짝 놀랐다. 설마 소리까치 칠 줄은 몰랐기 때문이다.

웅성웅성.

곧 주위에 있던 귀족들이 큰 소리를 듣고 몰려오기 시작했다. 사람들이 몰려오자 그가 더욱 큰 소리로 과장되게 양팔을 벌리며 연설하듯 소리친다.

"감히 우리 가문을 욕되게 하다니. 나는 더 이상 참을 수 없다! 우리 가문의 제의를 비웃다니. 제아무리 엘로이 가문의 사람이라도 그래서는 안 되는 것 아닙니까!"

이바나가 기가 막힌 표정을 지었다. 제아무리 고귀하고 이름 있는 가문의 자식이라도 남의 가문을 욕되게 하는 행동은 금기시 되고 있는 것도 사실이다.

이반은 이바나가 자신의 제의에 웃음을 터트린 것을 어이없어서가 아닌, 조롱하는 것으로 여겼다는 말이었다. 남들에게 설명할 때도 확실히 이바나가 말하기에 불리한 점이 있었고, 이반은 이에 대한 명분을 얻을 수 있었다.

"이 사람이 지금 무슨 소리를 지껄이는 거야? 말도 안 되는 말을 먼저 한 게 누군데!"

"그 말은 우리 가문을 욕되게 했다는 것을 인정한다는 말이지요?"

"그게 무슨 궤변이야?"

덩달아 소리치는 이바나.

언제 센티스 백작가를 모욕했다고 그러느냐고 이바나가

항의했다. 그녀도 흥분해서 언성이 높아졌다.

평소의 그녀라면 깔끔히 해결할 만한 방법을 생각해 낼 텐데, 흥분한 나머지 이성적으로 생각하지 못했다.

'아아, 그렇구나.'

발렌은 그제야 그의 진짜 목적이 무엇인지 알 수 있었다. 처음부터 이것을 목적으로 했던 것이다.

몇몇 귀족들이 나서서 그들을 말렸지만, 도무지 진정할 기색이 보이지 않았다. 사태가 점점 심각해지는 것을 느낀 발렌.

곧 자신을 뜯어말리는 귀족들을 떼어 낸 이반이 발렌의 앞으로 성큼성큼 걸어오며 손에 끼고 있던 장갑을 벗었다.

"발렌시아, 감히 우리 가문을 욕보인 너에게 결투를 신청한다."

이반의 장갑이 발렌의 바로 발 앞 치에 떨어졌다.

"예?"

발렌은 당황스럽다는 듯 그를 바라보았다. 결투라니? 그것이 가문을 욕보인 것으로 볼 수 있는가 의구심이 들었다.

'아니, 내가 뭐라고 하든 그에게는 명분이 되겠지.'

어떻게든 이런 상황으로 만들려고 했을 것이다. 이 상황을 넘긴다 하더라도 분명 다른 방법으로 그를 괴롭힐 게 분명하다.

'내가 안 된다면 가족들에게 해를 끼칠 수도 있을 테고.'

한 가문의 후계자라면 충분히 그럴 수 있을 것이라 생각했다. 아니, 어쩌면 가족들을 직접적으로 만나서 해코지 하지 않는다 해도 잡화점에 대한 안 좋은 소문만 퍼트려도 타격을 입을 것이다.

실제로 귀족들이 평민의 한 가정을 풍비박산 나게 만든 사건도 꽤 되고 말이다. 발렌도 그러지 말라는 법은 없었다.

주변 사람들은 전혀 말릴 생각을 하지 않았다. 오히려 재밌는 구경을 하겠다는 듯 흥미롭게 바라보고 있을 뿐이다.

그들에게는 남의 일일 뿐. 좋은 구경거리였다.

"네 녀석은 진검을 사용하되, 난 목검을 사용하기로 하지. 물론 무투기, 오러를 쓰지 않을 것이고, 왼손만 쓸 것이다. 만약 내가 어떤 상황에서든 하나라도 어길 시 패배로 간주해도 좋다."

오른손잡이인 이반. 그가 오른손을 쓰지 않고 왼손만 쓴다는 것 자체가 굉장히 봐주는 것이었다.

그리고 그렇게 하더라도 발렌을 이길 수 있다는 자신감

이기도 했다.

실제로 검술에 대해 하나도 모르는 발렌이다. 그 정도로 봐줘도 이길 가능성이 매우 적었다.

검술을 배운 이와 배우지 않은 이는 당연히 대응하는 방법부터 차이가 있을 수밖에 없었다.

누군가에게 도움을 바랄 수도 없을 것 같았다. 다들 이 상황을 즐기고 있었다.

이바나가 뒤에서 고래고래 소리 지르고 있었지만, 딱히 어떻게 도움을 주지 못했다.

소란에 이곳으로 와 본 엘리즈는 무슨 상황인지 짐작하지 못해 나서지도 못하고 있었다.

엘리즈는 발렌이 무슨 일에 엮였다는 것은 눈치챘지만 자세한 내막도 모른 채 황녀의 권위를 이용해 결투 신청에 끼어들 수 없던 것이다. 그때 레딘이 인파를 뚫고 발렌의 옆으로 다가왔다.

이렇게 된 상황을 레딘이나 엘리즈가 처음부터 지켜봤더라면 이렇게 반강제로 결투가 치러지지는 않았을 것이다.

그러나 그들은 이 상황을 전혀 모른다. 아무것도 모르기에 그를 도울 수도 없었다.

이바나가 열심히 설명하고 있었지만 그 누구도 귀를 기

울이지 않고 있다.

"결투는 정정당당하게 치러져야 하는 법. 검은 물론 마법도 쓰지 못하는 상대에게 결투라니. 타당하지 않다고 본다. 만일 결투를 하게 되거든 내가 발렌시아의 대리인으로 나서겠다."

웅성웅성.

레딘이 직접 대리인으로 나서겠다는 말에 다들 웅성거렸다.

제국 내에서 아루스 다음으로 강하다고 알려진 그가 나선다고 하니 난리가 날 수밖에 없었다.

"전력 차를 생각해 난 목검을 사용하고, 무투기는 물론 오러도 사용하지 않고 왼손만 사용해 주지. 추가로 큰 걸음으로 세 걸음 안에서만 움직일 수 있다는 것은 어떤가?"

방금 전 발렌에게 했던 말을 그대로 되돌려 주고 추가적인 조건도 넣은 레딘. 실제로 그의 또래 중에서 그를 상대로 이길 수 있는 자는 아루스 외에는 없었다.

"……."

이반의 눈썹이 씰룩였다. 이런 상황은 전혀 예상하지 못한 바였다. 다른 이도 아니고 레딘이 그의 편을 들다니.

이반은 레딘과 발렌이 서로 친구가 되었다는 사실을 모르고 있었다. 발렌은 자신을 위해 나서 준 레딘에게 고마

웠지만 안심할 수는 없었다.

'레딘이 나서 준다면 쉽게 승리를 쟁취할 수 있겠지. 하지만……'

발렌은 자신에게로 향하는 따끔한 시선을 느꼈다. 그쪽으로 시선을 향하니 센티스 백작이 그를 노려보고 있었다. 대리인으로 레딘을 세워도 되지만, 그렇게 하다가는 발렌이나 가족들에게 훗날 큰일이 생길 것만 같았다.

'센티스 백작은 욕망에 충실한 사람이라고 했다. 만일 뜻대로 되지 않을 경우 물불 가리지 않는 사람이라는 말도 있었지.'

귀족계에서 센티스 백작은 나쁜 쪽으로 상당히 유명인이었다. 앞에서는 웃고, 뒤에서는 술수를 쓰는 자가 바로 센티스 백작이다.

세인브리트 마탑에 있다는 것 때문에 자신에게는 해코지를 하지 못하겠지만, 가족들은 전혀 아닌 것이다.

레딘에게 부탁한다면 가족들의 신변을 지켜 줄 수 있을 것이다. 그러나 센디스 백작이 그냥 가만히 있을까? 틈이 나길 기다렸다가 언젠가 그 기회를 포착하고 잽싸게 물지 몰랐다. 직접적인 증거만 없다면 센티스 가문이 범인이라고 해도 몰고 갈 수 없을 테니까.

'어쩔 수 없지.'

차라리 자신의 선에서 끝내는 게 가장 좋겠다는 결론이 나왔다.

"아니, 제가 직접 나서겠습니다."

레딘은 이해할 수 없다는 듯 그를 바라보았다. 이반의 얼굴은 안심이라는 것과 함께 의아한 시선을 던졌다.

"발렌시아. 내가 나서 주겠다는데 왜 거절하는 거지?"

발렌은 말없이 그에게 빙긋 웃어 주었다. 그저 지켜만 봐 달라는 의미의 미소였다. 발렌이 눈에 힘을 주고 이반에게 물었다.

"그래서 언제, 어디서 결투를 할 생각이죠?"

"지금 당장. 결투가 가능한 공간이면 되겠지."

결투장은 따로 마련되어 있다. 그러나 지금 그곳은 임시 폐쇄된 상황. 엘리즈가 앞으로 나섰다.

"정말로 결투를 치를 생각이신가요? 발렌시아, 센티스 공자?"

"예, 물론입니다. 황녀님. 저와 제 가문을 모욕한 그를 도저히 용서할 수 없습니다."

"발렌시아. 정말인가요?"

"저는 그렇게 생각하지 않지만, 그는 그렇게 생각하는 모양입니다."

"그렇다면 서로 오해를 풀 수 있지 않나요?"

엘리즈는 어떤 상황인지 자세히 모른다. 그 때문에 결투가 시작되기 전 중재하려고 나선 것이다.

그러나 이반은 절대 물러서지 않겠다는 듯한 모양새였다. 발렌은 여전히 뒤에서 느껴지는 따끔한 시선에 고개를 끄덕였다.

"황녀님. 저도 그와 같은 생각입니다."

"그럼 알겠습니다."

그렇다면 더 이상 막을 수 없다. 결투를 하는 당사자들이 서로 하겠다고 하면 그 의견에 따라 주어야 하는 것이다.

"그럼 이곳에서 결투를 치르세요. 홀은 넓으니까요. 탑주님. 죄송하지만 안전을 위해 부탁드려도 될까요?"

"예. 물론입니다, 황녀님."

탑주가 빙그레 웃더니 손가락을 튕겼다. 그 주위로 투명한 방어막이 생겼다. 딱 결투를 할 수 있을 만큼 적당한 크기였다.

"레딘 공자."

"예, 황녀님."

"레딘 공자께서 심판을 봐 주세요. 만일 발렌이 위험해지겠다 싶으면 바로 결투를 중지해 주세요. 알겠죠?"

"명을 받듭니다."

레딘이 정중히 예의를 차린다. 방어막 내부에서는 발렌과 이반이 서로 무슨 말을 하고 있었다. 방음이 되는지 둘이 무슨 말을 하는지 그 누구도 듣지 못했다.

*   *   *

방어막 내부. 주위에 막이 처지자 발렌이 주위를 둘러보았다. 이렇게 농밀하고 압축된 방어막이라니.

'분명 평범한 쉴드인데…… 내가 시전한 쉴드는 몇 번 칼로 두드리면 깨지겠지?'

감탄이 나올 수밖에 없었다. 역시 탑주의 자리를 거저 얻은 것이 아니라는 것을 새삼 알 수 있었다. 그렇게 탑주의 쉴드에 감탄하고 있는 와중 이반의 목소리가 귀에 닿았다.

"왜 군이 네가 직접 나서는 건지 모르겠지만, 봐줄 생각은 전혀 없으니 각오하는 게 좋을 것이다."

"센티스 백작님께서 제가 직접 안 나서면 무슨 일이 생길 것 같다고 경고하시는 듯 바라보고 계셔서 말이지요."

발렌의 말에 그가 눈살을 찌푸렸다. 말투나 억양이 비꼬는 듯했기 때문이다.

"말투가 상당히 거슬리는구나."

"기분 탓이겠지요."

"그 말버릇도 내 단단히 고쳐 주도록 하마."

살의가 풍겨져 나오는 이반.

"네가 원하는 모든 수단을 써도 된다. 검을 쓰든, 검을 던지든, 마법을 쓰든, 주먹질을 하든. 기사가 아니니 그 어떤 수단을 써도 관대하게 용납해 주도록 하지."

살의를 풍기면서도 조롱하듯 말하는 이반. 발렌이 검도, 마법도 못 쓴다고 알고 있기에 열심히 발악해 보라는 말이다.

'상당히 귀찮은 놈과 엮였네.'

센티스 가문의 후계자라는 것도 마음에 안 드는데 이런 식으로 엮인 것도 마음에 안 든다. 악연도 질기다 싶었다.

"만일 네가 이기게 된다면 네가 요구하는 것을 전부 들어주지. 네 앞에 무릎을 꿇으라고 하면 꿇을 것이다."

귀족이 평민 앞에 무릎을 꿇는다는 것 자체가 말도 안 되게 치욕스러운 일이다. 그가 이렇게까지 자신 있게 나서는 것은 자신의 승리를 자신하고 있기 때문이다.

"단 네가 패배할 시 내게 한 잘못을 인정하고 내 앞에 무릎을 꿇어라."

자신이 한 잘못도 없는데 억지가 너무 심하다. 그러나 이를 구경하는 귀족들은 그것이 중요한 게 아니고 결투를 한다는 것 자체를 구경하기 위해 의심을 해도 나서지 않았다.

"고작 그것뿐입니까?"

"고작이라니. 오히려 그렇게 되기를 간절히 바라야지."

그의 말이 상당히 의심스럽다. 그렇게 되기를 간절히 바라야 한다니? 의미심장한 말이었지만 발렌이 자리에 섰다. 이반이 허리춤에 있던 자신의 검을 그에게 던졌다.

"자, 받아라."

"자신의 검을 남에게 주는 건 기사에게 수치 아닙니까?"

"그건 내 검이 아니니 걱정 마라."

그러더니 그가 밖으로 시선을 돌리며 손가락을 까딱였다. 그러자 그의 시종으로 보이는 자가 잽싸게 달려와 쉴드 밖에 있는 레딘에게 목검을 건넸다.

미리 준비한 것을 보니 역시나 처음부터 이러려고 했던 것이다.

레딘도 이반의 시종이 목검을 건네주는 것을 보고 발렌과 같은 생각을 한 모양인지 눈살을 찌푸렸다.

'적당히 맞아 주면서 패배하자.'

그래, 차라리 그게 나을 것 같았다.

몇 대 맞아 주고 패배 선언을 하면 되겠지 싶었다. 패배를 선언한 시점에서 상대는 죽이지 못하니 말이다.

어쩔 수 없이 져야 하는 것이 마음에 들지 않지만, 별수 있나. 그런 생각을 하고 있는데 레딘이 쉴드 안으로 들어왔다.

"아까 전 스스로 말한 대로 이반 벤 센티스는 목검을 사용하고, 무투기는 물론 오러를 사용하지 않는다. 또한 왼손만 사용한다. 그리고 한 가지 더. 기사에게 검은 생명과도 같은 것. 전통적으로 기사들 간의 싸움에서 누구라도 검을 놓칠 시, 패배로 간주된다."

"물론입니다."

이반이 자신감 있는 얼굴이었다.

레딘이 이반에게 목검을 던져 주었다. 이반은 목검을 몇 번 휘두르더니 곧 오른손은 뒷짐을 지고 자세를 잡았다.

"그리고 발렌시아는……."

"모든 것을 사용해도 된다고 했습니다. 검, 마법, 주먹 등등. 모든 수를 써도 전부 허용할 겁니다."

"그런가? 그렇다면 모든 수단을 써도 된다. 검을 놓쳐도 패배가 아니고 전투 불능, 항복 선언만 패배로 인정한다. 발렌시아는 모든 수단을 이용하도록."

발렌이 고개를 끄덕이며 이반이 건네주었던 검을 검집에서 꺼냈다.

새파랗게 날이 선 롱소드. 상대를 베기 위해 만들어진 무기는 정말 무게가 다르구나 싶었다.

"결투는 상대방이 전투 불능 상태에 빠지거나 항복을 선언할 시 패배로 간주한다. 결투로 인해 살인을 하게 되어도 불이익을 받지 아니한다. 또한 발렌시아가 신분이 낮다하여 귀족의 권한을 이용해 영향을 끼치는 일이 없도록 한다. 이를 맹세하는가?"

"맹세합니다."

"맹세합니다."

서로 맹세한다고 말하자, 레딘이 고개를 끄덕였다.

"그럼 결투를 시작한다."

그 말과 함께 이반과 발렌이 자세를 잡았다.

*　　　*　　　*

결투가 시작되려는 듯 서로 자세를 잡은 것을 본 엘리즈.

"센티스 가문. 마음에 안 들어. 자기들이 무슨 대단한 가문이라고. 후계자라는 녀석이 발렌이 마음에 안 든다고 궤변이나 늘어놓다니."

이바나는 이 상황에 오게 된 것에 대한 설명을 엘리즈에게 해 두고서 씩씩거리고 있었다. 이것은 명백히 발렌에게 시비를 건 것이다. 그 와중에 자신을 걸고넘어져 이상하게 꼬여 사태를 더 키운 꼴이 되어 버렸다.

감히 자신을 이용하다니. 절대 용서할 수 없었다. 이 결투가 끝나면 자신이 이반에게 결투를 신청할 생각까지 가지고 있었다.

"리즈, 발렌이 정말 자기가 하고 싶어서 하는 결투라고 생각하는 거야? 아까 못 봤어? 센티스 백작이 발렌을 째려보는 거. 발렌이 나오지 않으면 가만두지 않겠다는 경고성이 다분한 얼굴이었잖아."

"미스 엘로이."

엘리즈는 사람들이 많으니 조심하라는 듯 그녀에게 경칭을 사용했다. 아무래도 많은 귀족들이 몰려 있다 보니 호칭을 조심해야 하는 것이다.

이바나는 이반이 벌인 만행에 여전히 불만스러운 모습이다.

"후우!"

이바나는 답답하다는 듯 자신의 가슴을 세게 때렸다. 엘리즈가 왜 적극적으로 뜯어말리지 않았는지 이해하지 못한다는 얼굴이다.

'평소의 이비였으면 내가 왜 이렇게밖에 못하는지 이해

할 수 있었을 텐데.'

그러나 이미 잔뜩 흥분한 이바나는 그녀의 상황을 미처 생각지 못하고 있었다. 엘리즈도 왜 말리고 싶지 않았겠는가. 이 순간 가장 말리고 싶었던 사람은 바로 엘리즈 본인이었다.

그녀가 적극적으로 나섰다면 결투는 무마될 수 있었을 것이다. 하나 아무런 상황도 모르는데 대놓고 발렌의 편을 들게 되면 발렌과 엘리즈의 사이를 의심할 것이 뻔하다.

발렌이나 엘리즈는 이성간의 그런 사이가 아니다. 하지만 그들이 그런 사이가 아니라는 것이 사실이라도, 귀족들은 다르게 생각할 수 있다.

그것은 곧 발렌에게 좋지 않은 영향을 끼칠 수 있다는 소리이며 나아가서 황실의 명예마저 걸릴 수 있었다. 황녀라는 신분이기에 황실의 명예를 위해 최선의 선택을 해야 하는 엘리즈. 발렌이 고통받을 것을 생각하면 마음이 아프지만 어쩔 수 없는 선택이기도 했다.

'발렌. 괴롭고, 굴욕적이고, 한탄스럽겠지만 조금만 참아 줘.'

불행 중 다행인지 온 시선이 결투에 꽂혀 있었기 때문에 이바나가 엘리즈에게 하는 말을 들은 사람은 없었다.

"이것은 대체 무슨 일이냐?"

황제가 조용히 그들의 옆으로 다가왔다.

어찌나 조용히 왔는지 황제가 근처까지 왔다는 것을 아는 사람이 없었다. 이목이 전부 결투가 진행되는 곳에 꽂혀 있었기 때문이다.

"아바마마."

"황제 폐하."

"괜찮으니 예를 차리지 않아도 좋다. 한데 대체 무슨 일이기에 이리도 사람들이 모인 것이더냐."

황제가 그녀를 다시 앉히고, 그 뒤에 일어서서 이를 바라보았다. 잠시 연회장 밖에서 산책을 하고 있던 그가 다시 돌아오다 사람들이 한곳에 너무 몰려 있어 이상하게 여긴 것이다. 그리고 황제는 곧 그 이유를 알 수 있었다.

"발렌시아와…… 저자는 센티스 가문의 후계자였던가? 결투를 치르고 있는 것이냐?"

"그렇사옵니다, 아바마마."

황제는 이해가 되지 않는 표정이었다. 그들이 도대체 왜 결투를 치르는 것인지 묻는 듯 엘리즈를 바라보았다. 이바나는 이때다 싶었다.

"황제 폐하. 엘리즈 황녀를 대신하여 제가 대신 아뢰어도 되겠사옵니까?"

"윤허한다."

황제의 승낙이 떨어지기 무섭게 이바나는 왜 이런 상황이 되었는지 상세히 설명해 주었다.

"그렇군."

황제는 모든 상황을 알아듣고 이해했다는 듯 보였다. 이 상황으로 만든 이반의 얘기도 들어서 누구의 잘못인지 판단해야겠지만, 이반이 먼저 잘못한 것이라고 볼 수 있었다. 하나 그것도 지금 상황에서는 무의미하다고 볼 수 있었다.

"하나 이미 서로 자신의 명예를 위해 결투를 시작하였다. 신성한 명예를 건 결투가 치러지고 있으니 이유가 무엇이었든 도중에 말릴 수 없는 법. 잘잘못이 누구에게 있든 승패에 따라 갈릴 뿐이다."

기사 가문의 고지식한 그놈의 명예는 황실이라고 다를 바 없었다. 이바나는 끓어오르는 답답함에 성격대로 하늘을 향해 소리를 지르고 싶었다.

　　　　*　　　*　　　*

'상당히 어정쩡하군.'

검이란 것을 전혀 배워 보지 않은 티가 확 났다. 어디서 본 건 있는 듯 자세를 취하고 있지만, 준비 자세부터 어색해 보였다. 검이란 것을 제대로 잡아 본 적도 없는 발렌이다. 하나부터 열까지 어색한 건 당연하다.

이건 뭘 해볼 것도 없이 자신의 압승이다.

"선공은 양보하지."

발렌은 사양치 않고 먼저 그에게 달려들었다. 롱소드로 반달처럼 크게 베었다. 이반이 한 걸음 물러서서 그의 검을 피했다. 직후, 목검으로 그의 손목을 쳤다.

퍽!

발렌은 그 충격에 롱소드를 손에서 떨어뜨렸다. 이반은 이어서 목검 손잡이 하단부로 복부를 때렸다.

"컥!"

발렌의 폐에서 숨이 토해졌다. 그가 배를 부여잡으며 무릎을 꿇었다. 순식간에 이어진 동작이었다.

발렌은 이런 공격을 당한 적도, 본 적도, 들은 적도 없었다. 검을 십수 년간 잡아 온 자답게 검을 다루는 것이 매우 현란했다.

"무엇을 하는 것이냐. 일른 검을 잡고 일어서라."

이대로 그냥 끝낼 수는 없다는 듯 이반이 목검을 거두고 그가 롱소드를 잡을 시간을 주었다. 발렌이 복부의 통증을 참으며 롱소드를 잡았다. 그 직후 다시금 이반이 목검을 휘둘러 그의 몸에 타격을 주었다. 다리, 배, 팔 할 것 없이 균형을 무너뜨리면서 천천히 그의 몸에 타격을 가한다.

일방적으로 당하기만 하는 발렌.

'이 정도 고통은 별거 아니야.'

그간 이보다 더 심한 고통도 당해 본 발렌이다. 고작 목검에 맞는 정도에 포기할 생각은 없다.

'진다고 하더라도 한 방 먹이고 패배할 거야.'

자존심이라고는 없을 줄 알았던 자신이지만, 꼴에 남자라고 맞기만 하니까 오기가 생긴다. 패배해도 한 방을 먹여야 속이 시원할 것 같았다.

"뭘 하는 것이냐. 일어서라. 사내가 고작 이 정도로 눈물이나 질질 짜며 항복하지는 않겠지?"

쓰러지거나, 검을 놓치면 다시금 시간을 준다. 발렌은 다시 검을 잡았다. 그리고 또 맞았다. 검을 놓치고, 줍고, 맞는 것의 반복.

심판을 보던 레딘은 이 상황을 보고 인상을 찌푸렸다. 일방적인 싸움이 되리라는 것은 알고 있었다. 그러나 이 모습은 결투라고 보기에는 다소 무리가 있었다.

이는 누가 봐도 일방적으로 약자를 괴롭히는 모습이었다. 이반도 참으로 악독했다. 발렌이 최대한 늦게 항복하게 하려고 일부러 도발하는 꼴이다.

여기서 더욱 이해할 수 없는 것은 발렌이 굳이 계속 싸우려 한다는 것이다. 그의 눈빛은 여전히 살아 있었다. 저것은 투지였다.

'당하고만 있지 않겠다는 뜻이겠지.'

쥐도 궁지에 몰리면 고양이를 무는 법이다. 분명 발렌은 그에게 멋지게 한 방 먹여 주려고 지금의 고통을 참고 있는 것이리라.

"목검을 든 상대에게 한 번도 제대로 된 공격을 못하다니. 네놈이 들고 있는 검이 울겠구나."

발렌은 롱소드를 휘둘렀다. 그가 휘두르는 것은 마구잡이였다. 그저 한 방이라도 얻어걸리기를 바라듯이, 근본 없이 휘두르는 검. 이반은 최소한의 움직임으로 그가 휘두르는 검을 전부 피했다.

퍽! 퍽! 퍽!

순식간에 발렌의 팔, 다리, 옆구리를 때린 이반. 발렌이 무릎을 꿇자 이번에는 기다리지 않고 그를 목검으로 때리기 시작했다. 발렌이 몸을 잔뜩 웅크리며 방어 자세를 취했다. 남들에게 비굴하게 보일 법한 수치스러운 모습이지만, 발렌은 그런 것을 신경 쓸 겨를이 없었다.

'아직 아니야.'

발렌은 이를 악물며 기회를 기다렸다. 일방적으로 맞고 있지만, 계속해서 기회를 본다.

보다 못한 레딘이 말리려고 다가오는 것을 보고 손을 들어 아직 아니라고 신호를 주었다. 결투자의 의사를 존중할 수밖에 없는 결투.

레딘은 이를 악물며 그가 일방적으로 구타당하는 모습을 지켜볼 수밖에 없었다. 한동안 그렇게 발렌을 구타하던 이반.

어느덧 발렌에게 그 기회가 찾아왔다.

맞으면서도 기회를 엿보던 발렌의 눈이 빛났다. 이반이 일부러 동작을 크게 할 때, 순간적으로 일어나 달려든 것이다. 그가 순식간에 앞으로 튀어 나가며 롱소드를 휘둘렀다.

갑작스러운 기습에도 이반은 여유롭다는 듯 순간적으로 옆으로 몸을 돌리며 그의 검을 피했다. 발렌이 휘두른 롱소드는 그의 옷깃을 살짝 스쳤다.

"아쉽게 됐……."

기습이 실패로 돌아간 것에 대해 비웃어 주려고 하는 차였다. 그의 코앞에 웬 주먹이 들어왔다. 그리고 시원스러운 타격음과 함께 이반이 뒤로 넘어졌다.

발렌은 아주 잠깐이지만 온몸에서 느껴지는 고통을 잊을 정도로 뿌듯함을 느꼈다. 아주 멋있게 한 방 먹여 준 것이다. 그것도 주먹으로 말이다.

이반은 무슨 일이 일어난 것인지 모르겠다는 듯, 멍한 표정으로 자신의 코에 손을 갖다 대었다. 손에 피가 묻어 나왔다.

'내가…… 맞았어? 저 녀석의 주먹에?'

발렌은 해냈다는 듯 씩 웃으며 그를 바라보고 있었다. 발렌이 자신 있게 말했다.

"제대로 한 방 먹었군."

이반의 인상이 와락 구겨졌다.

"감히……."

이반이 자리에서 일어나며 여전히 손에 쥐고 있는 목검을 세게 쥐고 그에게로 달려들었다.

* * *

발렌이 일방적으로 구타를 당하는 모습을 보고, 귀족들은 더 이상 신나 하지 않았다. 발렌이 한 방 먹였을 때 잠깐 후끈 달아오르기는 했지만, 이후부터는 다들 발렌이 불쌍하다는 시선이었다.

"저 모습 좀 봐. 저건 결투가 아니지 않아?"

"센티스 가문의 후계자는 잔혹해."

"약자를 괴롭히는 모습이야. 저건 기사도가 아니잖아."

이를 듣고 있던 센티스 백작이 인상을 찡그리며 눈길을 주었다. 센티스 백작과 눈이 마주친 귀족들이 아무 말도 안 했다는 듯 얼른 자리를 옮겼다.

어느새 센티스 백작의 주위에는 따라온 시종과 엔더크 남작, 벨루나 남작, 마덴 남작만이 남아 있게 되었다.

"저 바보가……."

이바나는 발렌이 일방적으로 당하는 모습을 보니 괴로웠다. 그리고 이반을 향한 적개심을 키워 나갔다. 저리 당하기만 하는데 말리지 않는 레딘도 답답했다. 결투는 신성한 일이니 뭐니 떠들어 대지만, 저건 누가 봐도 더 이상 결투의 모습이 아니다. 처음에 이를 재밌겠다고 생각해 몰려들었던 귀족들이 인상을 찡그리며 하나둘씩 빠져나가는 것이 그 증거다.

이미 이것은 신성한 결투가 아니라 약자를 괴롭히는 강자의 모습이나 다름이 없는 것이다. 저런 광경을 좋아하는 사람은 극히 소수일 뿐이다.

엘리즈도 더 이상 볼 수 없다는 듯 시선을 회피한 채 얼른 끝나기를 바라고 있었다. 그리고 같이 있던 황제는 덤덤히 그 모습을 지켜보며 그녀에게 말했다.

"엘리즈. 시선을 회피하지 말고 저 결투를 보거라."

"아바마마."

"괴로워도 바라봐야 한다. 황제가 아니더라도 언젠가는 너의 사람이 고통스러워하는 모습을 바라봐야 할 때가 있으니. 그리고 냉정하게 생각해라. 후에 네가 어떻게 해 줄 수 있는지, 네가 해야 할 것이 무엇인지. 이 경험은 다시는 이런 일이 일어나지 않도록, 네가 지혜를 짜낼 수 있게 해 줄 것이다. 지금 네가 느끼는 감정과 이 광경을 잊지 말거라."

이 와중에도 황제는 엘리즈에게 가르침을 하나라도 더 주는 것이다.

엘리즈는 고개를 끄덕이며 황제의 말대로 다시 발렌을 바라보았다. 그녀가 다시 바라보았을 때는 이반의 일방적인 구타가 멈췄을 때였다.

이제 끝나는구나 싶어 엘리즈는 가슴을 쓸어내리며 안도의 한숨을 내쉬었다.

* * *

결투가 아니라 일방적인 구타라고 봐도 무방할 정도였다. 손속에 자비를 두지 않는 이반은 거친 숨을 몰아쉬며 그를 내려다보고 있었다.

'결판이 났군.'

레딘은 쓰러져 있는 발렌을 바라보았다. 그는 이미 이곳 저곳 두드려 맞아서 어쩌지 못하고 있었다. 순수하게 육체적인 면으로 이반을 이겨 낼 수 있을 턱이 없었다. 이리 될 것을 미리 안 레딘. 그래도 오래 버텼다고 생각했다. 이 정도면 발렌도 나름대로 노력했다고 생각한다.

'이후의 일은 치욕스럽겠지만…… 별수 없지.'

애초에 센티스 백작도 이 모습을 보고 싶었던 게다. 멋지게 한 방 먹이자는 소기의 임무도 달성했으니 패배 선언을 하기로 했다.

이반이 씩씩거리며 그를 내려다보았다. 아직도 화가 덜 풀린 듯한 모습이었다. 발렌은 고통스러운 듯 앓는 소리를 내며 천천히 일어섰다.

'마음에 안 들어.'

고작 이런 놈에게 언변에서 밀렸다는 게 마음에 들지 않았다. 말만 잘하지, 육체적으로 제대로 뭘 하지 못하는 놈이지 않은가.

'천박하고, 덜 떨어진 평민 따위가 황녀님과 가까이 지내고 있다는 것도, 이딴 놈 때문에 사석 회의에서 아무런 일도 하지 못했던 것도. 전부 마음에 안 들어!'

으득! 으득!

이반이 이를 갈았다. 머리만 좋았지, 남자다움이란 전혀 없는 녀석이다. 녀석이 매우 싫다. 그리고 그런 녀석을 상대로 또 시비를 걸고 결투를 신청한 자신마저 매우 수치스럽다.

'내가 고작 이러려고 검을 갈고닦은 것도 아닌데!'

그놈의 중앙 귀족의 발판이 뭐라고 자신이 왜 이딴 불명예스러운 일을 해야 한다는 말인가! 모두가 마음에 안 든다. 왜 이런 녀석 때문에 자신이 아버지에게 따귀를 맞아야 했단 말인가!

'이놈 때문이야.'

이반이 으득 이를 갈았다. 승리했지만 승리한 것 같지 않은 기분이었다.

꿈틀꿈틀 움직이던 발렌이 간신히 몸을 일으켜 세웠다. 마음에 들지 않았다. 실컷 두드려 패고 굴욕적으로 무릎을 꿇고 싹싹 비는 모습을 바랐건만, 그의 눈빛은 여전히 살아 있었다. 맷집이 보통이 아니었다.

'적당히 하지도 않네.'

몸을 일으킨 발렌. 몸이 계속 아우성을 치고 있었다. 옷 안에는 분명 새파랗게 멍이 자리 잡고 있을 것이다. 이 때문에 한동안 고생하겠구나 싶었다. 그래도 어디 한군데 부러진 곳이 없다는 것이 천만다행이었다.

"헤헷."

하지만 그에게 한 방 제대로 먹여 만족스러웠다.

'웃어?'

그렇게 맞아 놓고서 희미하게 만족스러운 미소를 짓는 발렌을 보자 다시금 그에게 주먹을 맞은 것이 떠올랐다. 그의 얼굴이 다시금 붉게 달아오른다. 엄청난 치욕이다. 그의 코에서는 여전히 피가 흘러나오고 있었다. 코가 아직도 얼얼했다.

그를 목검으로 구타하면서 잊고 있었는데 다시금 그것이 수면 위로 드러났다. 모든 것에 화가 나 있던 그가 방금 전 그의 웃음을 보고 희미하게나마 남아 있던 이성의 끈이 풀렸다.

"항……."

패배를 선언하려던 발렌은 살기를 느꼈다. 그의 앞에 있는 이반이 목검을 하늘 높이 쳐들었다가 그를 향해 내리치려 하고 있었다. 전투 불능에 빠져 있는 상대에게 관용을 베풀지 않는 모습이었다.

설마 전투 불능에 빠진 상대를 때리겠어? 라는 안일한 생각이 들기 무섭게, 녀석의 목검이 발렌의 정수리를 향해 빠르게 떨어진다!

레딘이 이를 알아채고 재빨리 그를 막기 위해 손을 뻗으려 했다. 하지만 반응이 늦었다. 항복을 선언하기 직전에 그를 완전히 침묵시킬 요량이다. 발렌은 자신의 정수리를 향해 떨어지는 검을 바라보았다. 마치 시간이 천천히 흘러가는 것처럼 천천히 그에게 떨어진다.

'이대로 맞으면 죽는다!'

순간 그의 본능이 깨어난다. 마나 엔진이 그 어떤 때보다 맹렬히 회전한다. 그가 눈을 치켜세웠다.

"쉴드!"

발렌의 외침과 함께 그의 앞에 반투명한 막이 생성되었다. 그의 앞에 생성된 방패막이 이반의 검을 막아 내고, 그를 튕겨 냈다.

"이게 도대체 무슨……?"

이반은 이해할 수 없다는 듯 발렌을 바라보았다. 아니, 이반만이 아니라 레딘도 마찬가지였다. 그의 눈앞에 있는 것은 분명 쉴드였다. 마법사들이 사용하는 방어 마법이다.

그것을 어째서 그가 사용하고 있다는 말인가? 도저히 이해할 수 없는 상황인데, 더욱 이해할 수 없는 광경은 또 있었다. 바로 변화한 그의 모습이다. 머리색과 눈동자 색이 평소와 많이 달라 보였다.

샤샥!

발렌의 움직임이 방금 전과 달라졌다. 순식간에 눈앞에 다가온 발렌. 곧 그의 눈동자에 머리와 눈동자색이 변한 그의 모습이 들어왔다.

붉은빛 시선과 마주친다. 발렌의 팔이 그에게로 뻗어진다. 그의 손끝에 마나가 머문다. 이반이 본능적으로 몸을 옆으로 내뺐다.

옆으로 구르자 방금 전까지 그가 있던 자리에 날카로운 바람이 벽돌 바닥에 내리꽂혔다. 벽돌 바닥이 마치 검에 베인 것처럼 자국이 선명하게 남았다. 그의 등줄기에 식은땀이 흘렀다.

'방금 그건?'

위저드급 마법사들이 사용하는 마법인 윈드 커터가 아니던가! 어찌 된 일인지 상황을 파악하지 못하는 이반. 그것은 레딘도 마찬가지였다.

'아티팩트? 아니야. 이건 분명 그가 쓰는 마법이야!'

그의 주위에 떠돌고 있는 마나가 그가 직접 사용하는 것임을 증명하고 있었다.

'이런!'

발렌은 뒤늦게 정신을 차리고 곧장 가속하고 있는 마나 엔진을 즉시 풀었다. 그의 머리와 눈동자가 다시 원래의 색을 되찾았다.

'뭐지? 머리와 눈동자 색이 다시 원래대로 돌아왔어?'

아주 잠깐이었지만, 그의 갈색 머리에 붉은빛이 감돌았

고, 눈동자는 아예 붉게 변했었다. 그러나 다시 보니 그는 원래대로 돌아와 있었다.

* * *

홀에서 관전하고 있던 센티스 백작이 자리에서 벌떡 일어났다. 그의 눈이 쉴 새 없이 떨리고 있었다.
'방금 그 머리색과 눈동자는 분명…….'
방금 전의 모습은 분명 과거에 보았던 한 가문이 비전을 쓸 때와 같은 모습이었다. 아주 잠깐이었지만 그는 분명 머리색과 눈동자 색깔이 변했었다.
이 모습을 본 것은 다른 이들도 마찬가지였지만 다들 뭔지 모르겠다는 듯, 잘못 본 게 아닐까 반응할 뿐이다.
'아냐, 그럴 리가 없어…… 그럴 리가 없다고!'
말로는 아니라고 부정했지만, 속으로는 이미 그가 누구인지 확신하고 있었다. 센티스 백작의 눈은 마치 눈앞에 아마를 맞닥뜨린 사람처럼 동요하고 있었다.

* * *

'이런.'

발렌은 혀를 찼다. 하필이면 이 상황에서 비전을 사용하다니. 되도록 이런 상황은 피하려고 했는데, 아주 급박한 나머지 폭주 상태로 단번에 마나 엔진을 회전시켜 버렸다. 다행히 완전한 폭주 상태가 되지 않아 원래대로 돌릴 수 있었으나 센티스 백작에게 들킨 것 같았다.

'이 자는 분명 날 죽이려고 했었어.'

상식적으로 말이 되지 않아서 마법을 쓸 수 있다는 것을 비밀로 하고 있었는데, 결국 다 들키고야 말았다.

골치 아픈 상황이다. 지금 시기상으로는 마법을 배운 지 얼마 되지 않은 상황이다. 그런 그가 위저드급 마법을 써 버렸다.

당연하게도 상식적으로 절대 불가능한 일이며, 발렌도 설명하기 힘든 일인 것만큼은 확실했다. 그의 눈살이 찌푸려지고, 이반을 노려보았다.

"이게 다 너 때문이잖아."

그와 싸우던 이반은 발렌이 확실히 달라졌다는 것을 깨달을 수 있었다. 공기의 흐름 자체가 달라지고, 분위기마저 싸해졌다. 쉴드 밖에 있던 이들조차 압도할 만큼 거대한 기운이 풍겨 나왔다. 이반은 침을 꼴깍 삼켰다.

'저들도 눈치를 챈 모양이군.'

한때 마이셀 백작가와 적대 관계였으니 갑자기 머리와

눈이 빨갛게 물드는 것을 보면 그 가문을 가장 먼저 떠올릴 수밖에 없을 것이다.

발렌의 시선이 한쪽으로 쏠렸다. 센티스 백작과 시선을 마주치자 움찔거리는 것을 목격할 수 있었다. 비밀로 하려고 했던 것이 결국 이렇게 알려지게 될 줄이야.

'나에 대해 알아내려고 발악을 하겠지?'

그런다고 하더라도 자신에 대해 알아낼 수 있는 건 없을 것이다. 어머니인 시이나까지 가면 또 모르지만, 그녀는 비밀을 모두 감춘 채 평범한 생활을 하고 있다.

무엇보다 용병 생활도 잠깐 한 덕분에 정체를 알기 더더욱 힘들 것이다. 용병은 국가에 상관없이 많은 이들이 일 때문에 몰려오기 때문이다.

시이나에 대해 알려고 해도 여타 다른 용병들처럼 어느 지점에서 정보가 딱 끊길 수밖에 없을 것이리라.

이미 20년이나 지난 정보이다. 그 정도 시간이면 음지에서 활동한다는 정보 길드라고 하더라도 그녀의 정체를 알아내는데 오랜 시간을 들여야 할 것이다.

'실제로 그 누구도 어머니가 샤란 디 마이셀이라는 걸 눈치챌 수 없겠지.'

겉으로 보면 일개 평민의 자식이다. 알아내려고 해도 절대 알아낼 수 없을 것이다. 발렌은 일단 마음을 진정시켜 다시 1단계로 서서히 끌어내렸다.

그의 머리색과 눈동자가 원래대로 돌아온다. 이를 멍하니 지켜보던 이반은 여전히 모르겠다는 얼굴이다. 곧 발렌과 시선을 마주했다.

"이반 벤 셴티스."

살얼음처럼 차갑게, 그의 이름을 부른다. 그 목소리에 살의가 짙었다. 이반도 깜짝 놀랄 만큼 짙은 살기. 발렌은 차갑게 가라앉은 눈으로 그를 힘주어 노려보았다.

"정식으로 너와 승부하기로 하지."

그럼 지금까지 진심이 아니었냐는 듯 비웃으려던 이반의 눈이 다시금 휘둥그레졌다. 그의 손에 떠돌고 있는 얼음 덩어리들을 목격한 까닭이다.

무수히 많은 얼음덩어리들. 아이스 스트라이크. 위저드급 마법으로, 프리즘 애로우와 달리 날카롭지는 않지만 저것도 무시할 수 없었다.

빠른 속도로 날아들기 때문에 롱소드로 막는다 하더라도 날이 부러질 수도 있는데 목검은 오죽하겠는가.

저것을 정통으로 맞으면 몸 어딘가가 부러질 것이다. 그러나 그가 놀란 것은 그것만이 아니었다.

'하나, 둘, 셋…… 뭐가 저렇게 많아?!'

그의 주위로 떠돌고 있는 수많은 얼음덩어리들. 두세 개

정도면 어찌어찌 막거나 피할 수 있을 테지만, 열 개가 넘는 얼음덩어리를 한꺼번에 전방위로 날리면 이반도 피할 수 없었다.

발렌의 손가락이 이반을 가리켰다.

"잘 막아 봐라."

마치 사형선고를 하듯, 무수히 많은 얼음덩어리들이 그를 향해 쏟아져 내렸다.

* * *

"어째서, 어째서 네놈이 마법을……!"

이반은 기괴하게 꺾인 자신의 양팔에서 느껴지는 고통에 비명을 지르며 믿을 수 없다는 눈으로 발렌을 바라보았다.

"이제 막 마법을 배웠다는 녀석이 마법을 쓰고 있다니!"

이 무슨 말도 안 되는 상황이란 말인가!

발렌은 그에 대한 대답을 해 주지 않고 쉴드를 벽 삼아 기대어 앉아 있는 그를 내려다볼 뿐이다. 레딘 또한 이 광경을 어떻게 받아들여야 할지 모르겠다는 듯 보였다.

'그 마법은 분명…….'

아올란 마을에 나타난 흑마법사 사건 때도 발렌이 마법

을 사용했었다. 그러나 일회용 아티팩트를 구했다고 하여 그러려니 넘겼었다.

실제로 그가 마법을 배운 지 얼마 되지 않았다고 하니 말이다. 한데 방금 보인 위용은 절대 아티팩트로 행한 것이 아니었다.

분명 위저드급 마법이었다. 엘리즈와 동급이거나 약간 아래다. 도무지 이해할 수 없는 일에 머리가 혼란스러울 수밖에 없었다.

설마 레딘과 짜고 자신을 농락하려고 했던 것이 아닐까 란 말도 안 되는 상상을 해 보는 이반. 그러나 정작 레딘도 놀라기는 마찬가지인 것 같았다. 그의 표정은 마치 말도 안 되는 것을 본 것과 같은 모습이었다.

"비겁한 녀석. 자신의 실력을 숨기다니!"

"비겁?"

발렌이 피식 웃었다.

"네가 무슨 수를 써도 좋다면서. 검을 쓰든, 던지든, 마법을 쓰든, 주먹질을 하든, 어떤 수단도 용서해 준다면서? 그래서 마법을 썼어. 그게 문제가 돼?"

오히려 네가 했던 말이 아니냐는 듯, 이것이 비겁한 행위가 아님을 일깨워 주었다. 이반도 자신이 한 말이 있었기 때문인지 입을 꾹 다물 수밖에 없었다.

그러나 여전히 이해가 되지 않는다는 표정이었다. 그는 이 상황이 도무지 믿기지 않아 팔에서 느껴지는 고통도 모를 정도였다.

승패가 확실하게 나자 주위에 피해가 가지 않게 쉴드를 쳤던 탑주가 마법을 거둬들였다. 홀은 찬물을 끼얹은 듯했다. 발렌이 마법을 쓴 것에 항상 옆에 있던 엘리즈와 이바나, 그에게 마법을 알려 주라고 명했던 황제, 그리고 마법을 알려 주던 탑주 모두 놀랐다.

분명 그는 마법을 배운 지 얼마 되지 않았다. 그런데 마법을 쓴다니? 그것도 위저드급 마법을 말이다. 상식적으로 이해할 수 없는 상황이었다.

'이걸 어찌 말한다……'

탑주에게 거짓말을 하면 다 들통나게 될 것이다. 분명 미세한 표정 변화를 감지하고 거짓임을 알게 되겠지. 하지만 그것은 나중의 문제다. 지금 당장의 문제를 해결해야 뭘 하든 할 게 아니던가. 그가 눈에 힘을 주어 이반을 내려다보았다.

"나, 날 어쩔 셈이지?"

"어쩔 생각이냐고? 죽이고 싶은 마음이긴 한데. 네가 하려던 것을 그대로 되돌려 줘도 되는 거지?"

살기가 그에게 몰아쳤다. 이반이 그 살기에 숨이 턱 막힌 듯 제대로 숨을 쉬지 못했다. 그의 얼굴에 순식간에 땀이 맺히기 시작했다.

"하지만 걱정하지 마. 딱히 널 죽일 생각은 없으니까. 하지만 내가 받을 건 받아야겠어. 그게 승자의 권리니까."

"……."

이반은 침묵했다. 설마 자신이 질 줄은 전혀 상상도 못 했기 때문에 이런 상황까지 오리라고는 예상도 못했다.

"이런 상황으로 몰고 간 것에 대해 관중들 앞에서 지금 당장 사과해. 그리고 이바나 씨에게도 용서를 구해."

"하나 난 팔이……."

"양팔이 부러졌다고 나중에 정식으로 사과한다고 하지 마. 치료가 아닌 사과가 먼저다. 당장 진심을 담아 사과를 해라."

뿌득! 뿌득!

이가 갈린다. 치욕스럽다. 그러나 그는 화를 죽였다. 결투의 패자는 승자의 말에 따라야 한다. 그것이 결투의 승자의 권리이고, 패자가 부담해야 할 일이다.

"……미안하다. 내 잘못을 모두 인정하도록 하겠다."

"그래."

이어서 이바나에게 몸을 돌려 그가 정중히 허리를 숙였다.

"그리고 미스 엘로이. 당신께도 무례를 끼쳐 진심으로 용서를 구하고자 합니다."

"마음 같아서는 널 용서할 수 없어. 하지만…… 정작 피를 본 발렌이 용서했으니 널 억지로라도 용서하겠어. 이 일로 앙심을 품고 다시 한 번 발렌에게 해코지했다가는 엘로이의 이름으로 상대해 주겠어."

다시는 발렌의 앞에 나타나지 말라는 명백한 경고였다. 치욕스럽다. 이바나에게 고개를 숙이는 것쯤이야 얼마든지 할 수 있다. 그러나 귀족도 아닌 평민에게 허리를 숙였다는 것에 너무나도 화가 났다. 그는 자신이 패자라는 것을 다시 한 번 상기하며 화를 죽였다.

"이제…… 됐나?"

"무슨 소리. 마지막으로 왜 이런 상황으로 몰고 간 것인지 꾸밈없이 센티스라는 이름을 걸고 사실대로 말해. 난 아직도 네가 내게 시비를 건 이유를 모르겠거든? 내가 원하는 것은 그것이다. 만일 내가 잘못된 행동을 먼저 했다면 그에 대한 사과를 약속하마."

"……."

가문의 이름을 건다는 것은 모든 것을 사실대로 말해야 한다는 뜻이다.

만일 이것이 거짓으로 밝혀질 시 그 가문은 귀족계에서

거의 매장을 당하게 된다. 사교계에 나와도 모든 이들이 비웃을 것이다.

거기다 명예와도 직결된다. 귀족들에게 가문이란 명예 그 자체이다. 명예가 없는 귀족은 천시 받게 되고, 오히려 비웃음을 당하게 되어 있다.

또한 그 이름의 무게를 옛날부터 배워 온 것이 귀족들은 죄책감으로 인해 가문의 이름을 걸고 쉽사리 거짓말을 하지 못했다. 가문의 이름을 건다는 것은 그만큼 의미가 크기 때문이다.

"큭!"

말하기 힘들 만큼 부끄러운 이유로 일으킨 사건이다. 하지만 이반에게 선택의 여지는 없었다.

결국 그는 사석 회의에서 언변에 밀려 화가 나 이런 짓을 저질렀다고 공개적으로 시인하고서야 이 자리를 벗어날 수 있었다.

*   *   *

세인브리트 남쪽에 위치한 알테미아 교단. 결투로 인해 심한 부상을 입은 이반은 센티스 백작과 함께 교단을 찾았다. 센티스 백작은 교단에 거금을 주고서 비숍급 사제를 불러 치료를 진행할 수 있었다.

신관은 그의 상처를 자세히 살펴보고 입을 열었다.

"일상생활에는 큰 지장이 없을 겁니다."

그 말에 안도하는 이반과 센티스 백작. 하나 신관의 표정이 썩 좋아 보이지 않았다. 마치 안쓰럽다는 듯 이반을 바라보고 있는 노신관. 좋지 않은 느낌이 든 센티스 백작이 물었다.

"표정이 왜 그러나?"

"실은 그것이……."

여전히 말하기를 망설이는 사제. 센티스 백작은 무엇인가가 있구나 싶어 눈에 이채를 띄었다.

"말해 보시게. 대체 무슨 일인가."

"치료를 한다고 해도 앞으로 양팔을 제대로 쓸 수 없을 겁니다. 무거운 것도 오래 들 수 없고, 팔굽혀펴기도 하지 못할 것이고, 장시간 글을 쓰는 것조차 하지 못할 것입니다."

"그…… 말은?"

"장애가 남는다는 말입니다. 양팔의 뼈가 으스러져 완벽히 치료할 방도가 없었습니다."

"정말 치료할 방법이 없는가? 내 돈이라면 얼마든 기부하지."

센티스 백작의 말에도 사제는 불가능하다는 듯 고개를 저었다.

뼈는 부러지면 다시 붙게 되어 있다. 그러나 부러진 것과 으스러진 것의 차이는 너무나도 크다. 제아무리 교단이라고 하더라도 뼈가 으스러지면 어떻게 치료할 방법이 없었다.

사제가 이반을 바라보며 말을 잇는다.

"앞으로 검을 잡는 것 또한 불가능합니다."

"으아아아아!"

기사에게 있어 사형선고나 다름이 없는 말에 이반이 실성하듯 절규했다.

* * *

발렌의 위용을 직접 본 모든 귀족들은 할 말을 잃어 버렸다.

평민에, 마법도 이제 갓 배운 자가 위저드급 마법을 구사하는 것은 감히 무시할 수 없는 형국이었다.

무슨 술수를 부린 것이라고 생각하는 이들도 많지만, 마법을 배운 이들은 그가 직접 마법을 썼다는 것을 부정하지 못했다.

특히 항상 곁에서 그를 보았던 탑주, 엘리즈, 이바나는 상당히 충격받을 수밖에 없었다. 탑주는 그를 따로 불렀다.

"네가 구사하던 마법은 결코 아티팩트를 사용한 것이 아니다. 어떻게 네가 높은 급의 마법을 구사할 수 있게 된 것이냐. 거짓 없이 내게 상세히 말해 보거라."

휴가를 보낸 후부터 그의 눈동자의 깊이가 달라져 있다는 것을 느끼기는 했지만, 설마 이렇게까지 경지를 쌓을 줄이야.

그 연유가 궁금하고, 또한 이해가 되지 않았다. 마법을 수십 년간 파고들었던 탑주다. 이런 경우는 본 적도, 들은 적도 없었다.

"기연을 얻었습니다."

"……."

그의 표정은 미세한 변화도 없었다. 그것은 사실이었다. 그가 겪은 일은 기연이라면 기연이었다.

틀린 말은 아니기에 그의 표정에 그 어떤 변화도 없는 것이다.

"아무래도 사실인 것 같구나. 하나 제아무리 기연을 얻었다지만 고작 몇 주 만에 그런 경지에 오르는 것은 불가능한 일. 흑마법이라도 마찬가지일 테고."

애초에 그가 흑마법을 배웠더라면 탑주는 처음부터 그가 흑마법을 익히고 있다는 것을 느꼈을 것이다.

흑마법사들은 알게 모르게 흉흉한 기운을 풍기고, 마기라고 불리는 어둠의 기운을 발산하는데, 마나에 민감한 마법사들은 멀리서도 이를 쉽게 알아낼 수 있었다.

"다른 일이 더 있을 것이라 본다."

"죄송합니다, 탑주님."

그것은 말해드릴 수 없다는 듯 발렌이 죄송하다며 고개를 아래로 떨어뜨렸다. 말해 줘도 믿어 주지 않을 것이다.

"……."

탑주가 그를 뚫어지도록 바라본다. 그에게 분명 어떤 비밀이 있다는 것만큼은 확실해 보였다. 그리고 말해 줄 생각도 없어 보였다.

그 누구에게도 말해 줄 수 없다는 듯 보였다. 추궁을 해 봤자 의미가 없어 보였다. 그는 절대로 이것만큼은 말해 줄 수 없다고 할 것이기 때문이다.

"괘씸하게 들릴지도 모르지만, 탑주님이기에 더더욱 알려드리기 힘듭니다. 하지만 좋지 않은 의도로 말씀드리지 못하는 것이 아님을 알아주십시오."

탑주가 납득할 만큼 설명하기도 힘들고, 설명한다고 해서 보나바르의 저주에 걸렸다는 걸 쉽게 믿을 수 있을까.

아니, 애초에 그 저주 자체에 대해 믿을 수 있을지도 미지수다.

발렌이 여러 번 리셋하면서 느낀 것이 있다. 이를 속 시원하게 말해 줘도 믿을 사람은 믿고, 안 믿을 사람은 안 믿는다는 것이다.

탑주는 상당한 똥고집이고, 납득하지 못할 것들은 아예 믿지 않는다고 알고 있다.

"알겠다."

탑주는 고개를 끄덕이며 더는 묻지 않겠다는 듯 고개를 주억였다.

"하나 나중에는 말해 줄 수 있겠느냐?"

"예. 그게 언제가 될지는 모르겠지만…… 분명 말씀드릴 수 있는 날이 올 지도 모르겠지요."

"그 정도로 충분하다."

탑주는 더 이상 묻지 않겠다는 듯이 보였다. 그는 수염을 쓸어내리며 잠시 뭔가를 고민하더니 입을 열었다.

"일단 다른 이들에게는 네가 원해서 마나 촉진제를 사용했고, 성공했다는 것으로 말해 둘 터이니 너도 말을 맞추도록 하여라."

서클을 빨리 올릴 수 있는 방법. 바로 마나 촉진제를 사용하는 것이다. 그것이라면 다른 이들도 미심쩍다고 생각할지 모르지만 어느 정도 납득할 수 있을 것이라 생각한 것이다.

"혹시 모르니 지금 당장 세세한 사항까지 입을 맞추자꾸나."

발렌은 고개를 주억였다.

* * *

"아파 죽겠네."

발렌은 이반에게 맞아 온몸이 아파왔다. 사제들이 와서 발렌을 치료해 주기는 했으나, 멍이 든 것은 치료할 수 없어 이 고통을 감내해야 했다. 좀 더 적당히 맞을 걸 그랬다고 생각하며 안정을 취하고 있는데, 발렌이 머무는 방에 노크 소리가 들려왔다.

"들어오세요."

누가 방문한 걸까. 발렌의 허락이 떨어지자 방문이 열렸다. 방문자는 생각지도 못한 자들이었다.

"당신들……."

발렌이 그들을 힘주어 방문자들을 노려보았다. 그를 찾아온 이들은 현재 센티스 가문의 가신이자 영주인 엔더크 남작, 벨루나 남작, 마덴 남작이었기 때문이다.

그들을 바라보는 발렌의 눈에 적개심마저 보였다.

엔더크 남작이 물었다.

"몸 상태는 괜찮은가?"

"……"

발렌은 아무 말 없이 그들을 바라보았다. 얼른 나가라는 듯 시선을 보냈지만, 그들은 나갈 생각을 하지 않았다.

"꼭 나가라고 해야만 나가실 겁니까?"

"아니, 우리는 나갈 수 없네. 해코지 하려고 온 것이 아니네."

"센티스 백작가에 충성하는 사람들이 이곳에 찾아오면 누가 봐도 해코지하려고 왔다고 생각하지 않겠습니까? 센티스 가문과 연관된 이들과 만나고 싶지 않군요."

명백한 문전박대. 당장 나가라고 눈짓을 주지만, 그들은 역시나 나가지 않았다.

"한 가지 사실을 대답해 주면 나가겠네. 그대는 마이셀 가문과 무슨 사이지?"

발렌의 미간이 좁혀졌다. 대놓고 마이셀 가문에 대한 언급을 해서 기분이 나빠진 탓이다. 자신들이 배신한 가문이었던 만큼 발렌의 등장은 탐탁지 않았던 것이리라.

"제가 왜 그 질문에 대답을 해야 하죠?"

"말해 주기 전까지 나가지 않을 테니까. 사일런스 마법이라고 아나? 지금 이 공간 밖으로 우리들의 대화가 새어 나가지 않고 있다. 누군가를 불러도 소용이 없어."

"철두철미하게 외부에 소리가 새어 나가지 않게 해 놓고 해코지 하지 않겠다고 말씀하시다니. 말은 잘하는군요."

발렌이 그들을 비꼬며 말했지만, 그들은 이에 기분 나쁘다는 표정을 보이지 않았다. 그들은 오직 마이셀 가문과 발렌이 무슨 관계인지에 대한 대답을 원하고 있었다. 대답을 듣기 전에 절대로 나가지 않겠다는 듯 보여 발렌이 인상을 찡그렸다.

"어렸을 적 여기저기 떠돌던 사람이 있는데, 그 사람이 몬스터에게 부상당해 치료해 주었습니다. 그 사람은 스스로 샤란 디 마이셀이라고 밝히더군요. 그 사람은 그 보답으로 제게 마이셀 가문의 비전을 알려 주었습니다. 됐습니까? 얼른 나가 주시죠."

그가 손을 휘휘 저으며 나가라고 했지만, 그들은 여전히 가만히 서서 그를 지켜볼 뿐이다.

"말도 안 되는 소리. 마이셀의 비전은 누군가에게 쉽게 알려 줄 수 있는 것이 아니다. 마이셀의 피가 흐르지 않는 이상 배울 수 없는 것이지."

"······?"

"마이셀 비전은 타인이 배우면 폭주하게 되어 있는 비전. 누군가가 함부로 배운다면 반드시 사망하게 만들어 마이셀 가문만 익힐 수 있는 비전이다. 네가 정말 타인이라면 결코 배울 수 없는 것이야."

발렌은 오히려 그게 무슨 말이냐는 듯 바라보았다. 그들의 표정에서는 결코 거짓을 말하는 낌새가 없었다. 사실을 얘기하고 있다는 것이다. 그러나 발렌은 그런 얘기를 처음 들었다. 그의 어머니는 그 사실을 전혀 얘기해 주지 않았기 때문이다.

"넌 정말 타인이 맞나?"

거짓에 결코 속지 않는다는 얼굴이다. 발렌이 속으로 한숨을 내쉬었다. 자신보다 마이셀 가문에 대해 잘 알 터인 그들이다. 약간의 거짓말도 통하지 않을 것 같았다.

"당신들이 원하는 건 사실 그대로겠지?"

존댓말보다 반말이 나온다. 그러나 그들은 그것에 신경 쓰지 않고 그를 바라보았다. 발렌은 주먹을 움켜쥐었다.

"난 마이셀 가문의 유일한 생존자인 샤라 디 마이셀의 아들이다."

발렌의 주위로 살기가 머물렀다. 자신의 정체를 안 이상 살려 둘 수 없었다. 그들을 죽여 입막음을 해야 했다. 그는 지금 당장에라도 그들이 무슨 수를 쓰려고 하면 당장 마법을 날릴 준비가 되어 있었다. 그러나 발렌은 전혀 예상치 못한 상황을 맞이했다.

"죄송합니다."

"어……?"

그들이 무릎을 꿇고 눈물을 흘렸다. 발렌은 크게 당황했다.

"그때의 일을 진심으로 후회하고 있습니다. 한순간의 야욕에 눈이 멀어 주군을 배신한 저희들은 결코 용서받지 못할 것입니다. 정말 죄송합니다."

의외의 상황에 발렌이 당혹해했다. 그들이 흘리는 눈물은 결코 거짓이 아니다. 정말이었다.

"이를 샤란 님께 직접 사죄하고 싶습니다. 아올란 마을이 고향이시라고요? 지금 당장 찾아가서 사죄를 드리고 싶습니다."

그들은 정말 그럴 작정을 한 것 같았다. 발렌이 이를 말렸다.

"내 어머니께 접근하지 마."

"어째서입니까?"

"……"

발렌은 아차 싶었다. 너무 급한 나머지 당연하게 올 질문을 예상 못하고 접근하지 말라고 말해 버린 것이다.

몇 번 전의 리셋까지 시이나는 발렌에 대해 알고 있지만, 지금의 시이나는 그러한 사실을 전혀 모르고 있다. 당연히 자신이 아들에게 마이셀의 비전을 가르쳐 주었다는 사실도 새까맣게 모르고 있다. 그들이 가서 마이셀 비전을 발렌이 사용했다는 사실을 얘기하면 발렌이 난처해진다.

"어머니께서는 그 일을 잊으려고 하고 계셔. 지금의 행복에 만족하며 살기를 원하시지. 간신히 지금 그 일을 잊고 계신데, 너희들이 끼어들기를 원치 않으실 거다."

"그럼 저희들은 어찌 사죄를 드려야 한단 말입니까."

"너희들 형편 좋으라고 멋대로 사죄하러 가서 민폐를 끼치겠다고? 그게 너희들의 충정이야? 이미 닳을 대로 닳은 충정이라 무감각해지기라도 한 거야? 주군의 사정을 이해하고 말을 올려야 하는 게 신하가 아니냐고."

그의 말에 할 말을 잃은 그들.

자신들이 한 짓이 있으니 그의 말에 반발하지도, 반론할 것도 없는 것 같았다.

그래도 발렌의 말에 납득했는지, 지금 당장 뛰어나갈 생각을 하지 않는 것만큼은 천만다행이다. 어떻게든 이 위기를 넘긴 모양이다.

"하지만 난 달라. 마이셀 가문에 대한 복수를 해야겠어. 내 외할아버지와 외숙들에 대한 한은 풀어드려야 하니까."

"응당 마땅하신 생각입니다."

"언젠가 내가 성장했을 때, 너희들에 대한 처벌을 직접 내려 주겠어."

"예, 어떤 처벌이든 달게 받겠습니다. 그것이 죽음이라고 할지라도. 그날을 손꼽아 기다리고 있겠습니다."

조롱이 아닌 진심의 눈빛이다. 그들의 표정을 보고 발렌은 안도의 한숨을 내쉬었다.

그러나 당황스럽게도 그들은 말을 마치자 칼을 꺼냈다.

'역시 그렇게 나온다 이거지?'

지금까지는 연기였고, 사실을 알았으니 베어 버리겠다는 거로구나 하고 생각했다. 발렌은 가만히 죽어 줄 수 없었다. 그러나 그가 생각한 것과 달리, 그들은 칼을 발렌에게 향하지 않았다. 두 손으로 공손히 날붙이를 든 채 그에게 내밀었다. 발렌의 얼굴에 의아함이 감돈다. 벨루나 남작은 마법사이기에 칼 대신 스태프를 그에게 두 손으로 내밀었다.

"앞으로 저희들은 센티스 가문이 아닌 발렌시아. 마이셀 가문의 핏줄인 당신께 충성을 맹세합니다. 이 칼과 스태프는 당신의 것입니다. 언제든 도움이 필요하시면 목숨을 걸고 도우러 가겠습니다."

"……."

발렌이 침묵하며 그들을 바라보았다. 예상치 못한 일에 크게 당황하며 이것을 어찌 판단해야 할지 난감한 표정으로 그들을 바라보았다.

Chapter 02
세기어 왕국의 초청

<만국 사절단 협정 10개문>

1. 임금을 대신하여 나간 사절단은 어떤 국가라도 함부로 홀대하지 아니한다.

2. 사절단은 반드시 보호받아야 하며 자국으로 입국할 시 그 국가가 안전을 책임진다.

3. 선전포고문을 가지고 온 사절단이라 하더라도 아무 이유 없이 그들을 처형하여서는 아니 된다.

4. 사절단이 자국에서 죄를 지을 시, 그 나라의 법대로 처벌한다.

……(중략)……

10. 사절단의 수행인은 사절로 가는 자마다 1~2명으로 제한한다.

* * *

연회가 끝나고 며칠 후. 가벨이 정원의 구석에서 팔짱을 낀 채 누군가를 기다렸다. 사람들의 눈에 잘 띄지 않는 사각지대.

빛도 잘 들어오지 않아 어둠 속에서 그를 발견하기 쉬워 보이지 않았다. 순찰로를 따라 돌고 있는 근위병들의 랜턴도 그가 있는 곳까지 어둠을 밝히지 못했다.

그렇게 한참을 기다리고 있는데, 곧 근방에서 인기척이 들려왔다.

"늦었군."

"오늘따라 유독 순찰을 많이 돌아서 잠입해오는데 애를 먹었다."

"연회의 마지막 날이라 더 위험할 수 있으니 순찰이 많을 수밖에."

가벨은 그럼에도 몰래 잠입해 들어온 그를 보며 혀를 찼다. 꽤 대단한 실력자임에는 틀림이 없었다.

"그래서 대답은?"

검은 복면의 사내는 서론은 됐다는 듯 바로 본론부터 물었다.

"오랫동안 고민을 했다. 네놈들 덕분에 이득을 본 것도 사실이고, 지금 이만큼 설 수 있던 것도 사실이니까."

녀석의 주군이라는 자가 없었더라면 가벨은 지금쯤 아루스에게 완전히 묻혀 자신의 세력조차 없었을 것이다. 그렇게 되었으면 당연히 그는 진즉에 황위 계승에서 밀려 아루스가 황태자가 되었을 것이다.

지금 이렇게까지 황위 계승으로 시끄러운 것도 다 그들의 덕분이다.

"너희들의 손을 잡도록 하지. 나를 황제로 만들어 준다니까. 그게 쉬운 일은 아니겠지만 나야 거절할 이유가 없으니. 지금까지 네놈들에게 실질적으로 도움을 받은 것도 사실이니까."

"옳은 선택이다."

검은 복면의 사내의 눈초리가 옆으로 쭉 찢어졌다. 복면을 착용하고 있어 입꼬리까지는 볼 수 없었지만, 눈빛에서부터 뭔가가 있음을 짐작할 수 있었다.

'도저히 무슨 생각을 하고 있는지 모르겠군.'

뭔가 노림수라도 있는 것은 분명한데, 그것이 무엇인지

여전히 감을 잡지 못했다. 아무리 녀석에게 알아내려고 해도 알 수 없었다.

"너의 주군이라는 자가 누군지도, 무슨 속내가 있는 것인지도 모르지만, 난 그렇게 쉽게 넘어갈 정도로 호락호락한 사람이 아니다."

"나의 주군을 믿고 따라와라. 너는 명실상부 바올라 제국의 역사에 길이 남을 황제가 될 터이니."

녀석의 복면이 작게 움직였다.

* * *

연회가 끝나고 2주가 지났다.

발렌도 다시 세인브리트 마탑으로 돌아와 다시 원래의 일상으로 복귀했고, 센티스 백작의 가신들은 그날 이후로 센티스 가문을 멀리하고 서로 연합하여 센티스 백작에게 맞서기로 했다.

센티스 백작이 자신의 가문을 배신했으니 공격해 올 것이라 예상한 결과다. 언젠가 마이셀 가문의 영지를 다시 돌려주고자 영지를 지키며 손꼽아 기다리겠다며 서신을 보내오기까지 했다.

"힘이 쭉 빠지네."

오늘은 휴일인 덕분에 발렌은 도서관에서 늘어져 있었다.

그의 옆에는 책만 잔뜩 쌓여 있었다. 웬일인지 연회를 즐기는 날에 새 도서가 대량으로 들어온 것이다.

이번에 들어온 책들은 세기어 왕국의 책들이었다. 세기어 왕국의 사절단이 세인브리트 마탑과 바올라 제국의 황실에 선물로 준 것이다. 자신의 나라를 알리려는 의도겠지만, 사실 황실은 몰라도, 세인브리트 마탑에게 준 것은 실수이지 싶었다.

이곳 마법사들은 도서관에 잘 오지도 않고, 온다고 해도 마법 서적만 읽고 획하니 가 버리기 때문이다. 이런 것에 절대 눈을 줄 이들이 아니다. 그 덕분에 발렌과 엘리즈가 독점하다시피 읽을 수 있게 되었다. 처음 보는 책이고, 상당히 신선해 보이는 책. 호기심이 잔뜩 일어날 수밖에 없었다.

세기어 왕국은 신생 국가다. 당연히 그쪽 나라에 대해 잘 알지 못했다. 세기어 왕국의 문학도 궁금하고, 어떤 내용의 책이 있을지도 잔뜩 기대가 되었다. 마침 휴일이다 싶어 읽고 싶었지만 몸 이곳저곳에서 느껴지는 고통에 집중이 되지 않았다.

"발렌, 괜찮아?"

고작 몇 페이지 보지 못하고 책상에 엎어진 발렌을 보고, 엘리즈가 읽던 책에서 눈을 떼며 걱정스러운 듯 바라본다.

"아파. 죽을 것 같아."

온몸 구석구석 피멍이 어찌나 심한지, 처음에 자신의 몸을 봤을 때 깜짝 놀랐을 정도다. 이게 나으려면 최소한 한 달은 걸리리라 생각했다.

"그 정도로 엄살은."

도서관에 있는 사람은 리즈와 발렌만이 아니었다. 이바나도 포함되어 있었다. 그녀도 그쪽 나라의 책에 관심이 있던 모양인지 굳이 읽으러 왔다. 가끔씩 그를 놀리는 건 덤이었다.

"남자라면 이 정도는 참아야 되는 거 아냐?"

이바나가 그의 팔을 손가락으로 살짝 콕 찔러 보았다. 발렌이 인상을 찡그렸다.

"남자나 여자나 고통을 느끼는 건 크게 다르지 않잖아요. 그리고 손가락으로 멍든 곳 찌르지 마세요. 아파요, 이바나 씨."

"하기야, 그렇게 얻어맞았으니 무리는 아니지. 그래도 잘했어. 센티스 백작은 앞으로 연회장에 나타나지 못하겠지. 그 가문의 사람들 꼴 보기 싫었는데 정말 잘됐어!"

귀족계는 그 일로 인해 벌써 떠들썩했다. 센티스 가문이 평민에게 시비를 걸었다가 반대로 된통 당하고 고개를 못 들게 되었다는 것으로 말이다.

귀족계에서도 센티스 가문을 아니꼽게 바라보는 자들이 꽤 되는 덕분에 발렌을 향한 부정적인 이야기는 없는 것 같았다.

"게다가 그 후계자 녀석을 평생 검을 잡을 수 없게 만든 것도 무척 잘한 일이지. 이건 내가 칭찬해 줄게!"

"그렇게까지 하려고 한 건 아니지만요."

적당히 한 군데 부러뜨릴 생각이었는데, 자신의 의도와 다르게 뼈가 으스러져 버렸다. 그것도 양팔이 말이다.

"아, 그리고 그 후계자 녀석은 자살했다고 하더라고."

"예? 자살이요?"

"검을 들 수 없게 되었다는 것에 실성하더니 결국 자살한 모양이더라고. 센티스 백작은 이에 충격을 먹고 벙어리가 되었고."

"이비!"

엘리즈는 왜 그런 말을 하느냐고 그녀를 타박했다. 이바나는 그제야 아차 싶어 발렌을 바라보았다.

발렌은 그 소식을 오늘 처음 접하기 때문에 놀랍다는 듯 그녀를 바라보았다. 이바나와 눈이 마주쳤다. 그러나 그

뿐이었다. 그에게서는 놀라움 외에 그 어떤 감정도 찾아볼 수 없었다. 엘리즈는 이에 의아하다는 듯 그를 바라보았다.

"그래도 죄책감을 느낄 줄 알았는데, 의외로 덤덤하네?"

"그러게 말이야. 아, 그런데 이것 때문에 나 처벌받는 거 아냐?"

발렌은 다른 것보다 귀족이 자신과의 싸움으로 인해 죽었다는 것 때문에 무거운 처벌을 받지 않을까란 걱정이 앞섰다. 그러나 엘리즈는 괜찮다는 듯 그를 안심시켜 주었다.

"결투의 승자는 너야. 결투로 인해 일어난 일이야. 그 이후의 일도 모두 패자의 몫이니까 아무도 너를 탓하지 않아."

"그래?"

그렇다면야 딱히 걱정은 없었다. 확실히 자신이 너무 무정한 게 아닌가 싶기도 하지만…… 상당히 기쁜 것도 사실이다.

'마이셀 가문을 무너뜨린 대가로 양팔을 잃은 것은 싸게 먹힌 거지.'

어머니의 한을 조금이라도 덜어 주었다는 것에 발렌은

만족한 얼굴이었다. 이 소식이 시이나에게까지 향하면 마음의 짐을 조금이라도 덜 수 있지 않을까 추측해본다.

레딘은 혹시 모르니 믿을 만하고 임무에 충실한 사람들을 붙여 가족들을 지켜 주겠노라고 약조했다. 센티스 백작의 상태를 보면 그럴 겨를이 없어 보이지만.

센티스 가문은 이번에 그와 한 결투의 패배와 더불어 그에게 시비를 건 목적이 불순하다는 것을 직접 고했고, 그로 인한 불명예를 얻고 말았다. 그로 인해 센티스 백작가는 점점 그 입지가 좁아질 것이다.

지금까지 누렸던 것을 한순간에 잃어버리고 몰락의 길을 걷게 될 것이다. 몰락하지 않는다 하더라도 아주 먼 후대까지 그 불명예를 감수해야 할 것이다.

* * *

그로부터 약 한 달. 벌써 12월이 되었다. 발렌은 두꺼운 옷들을 잔뜩 껴입고 뽀얀 입김을 불었다. 그는 주위를 둘러보았다. 하얀색으로 가득해진 마탑.

나무, 집 할 것 없이 하얗다. 모든 것이 백색으로 물든 공간. 후문 인근에서는 어린애들이 눈싸움을 하는 듯 놀고 있는 소리가 들려온다. 차가운 바람이 불어와 그의 뺨을 어루만졌다. 발렌은 몸을 떨며 옷을 다시 여몄다.

"하아~"

그는 하얗게 물든 마탑을 바라보며 한숨을 내쉬었다. 모든 것이 백색으로 물든 세인브리트. 다르게 말하면 폭설이 내렸다는 것이다.

그는 빗자루를 든 채 계속 눈을 쓸었다. 눈이 어찌나 많이 내리고 있는지, 쓸고 지나간 자리에 다시 눈이 쌓이는 경험을 하게 되었다.

작년에는 이렇게까지 눈이 안 왔는데, 올해는 11월 말부터 눈이 내리더니, 결국 오늘은 폭설이 내렸다. 눈이 내리는 덕분에 마탑을 지키는 경비병들은 근무자를 제외하고 전부 제설 작업에 투입했다.

"마법사들은 부럽네. 제설 작업을 안 해도 되고."

발렌이 마법사들이 있을 마탑 쪽으로 시선을 돌렸다. 일자로 높이 솟은 마탑. 늘 생각하는 거지만 마법사들은 자신들이 낙엽을 쓸든, 눈을 쓸든 코빼기도 보이지 않았다. 발렌의 입장에서는 그들이 부럽지 않을 수 없었다. 자기 할 일만 할 수 있으니 말이다.

'나도 사서라는 직업에 맞게 책만 관리하고 싶은데 말이지.'

가을에는 바닥에 떨어진 낙엽들을 쓸고, 겨울에는 하늘

에서 내리는 하얀색 쓰레기들을 치운다. 경비병들로는 모자랄 정도로 할 일이 많아서 다른 일을 하는 사람들마저 이 일에 투입되는 것이다.

그나마 요리사들은 이 일에서는 제외되었다. 이유라고 한다면 몇백 명의 요리를 해야 하기 때문에 할 시간이 없는 것이다. 반면 비교적 할 업무가 적은 이들은 곧잘 이런 일을 하게 된다.

"딱히 그런 것도 아니다. 무릎까지 눈이 쌓이면 그때는 전부 투입되니까. 그나저나 여기도 쓸어도 다시 쌓이는 걸 보니 나와 다를 바 없구나."

반대편에서 눈을 쓸고 있던 제이프가 그리 말해 왔다. 제이프의 시선은 발렌이 구석으로 쓸어 놓은 눈들에 향해 있었다. 쓸어도 쓸어도 계속 쌓이니 제이프도 두 손 두 발 다 든 상태였다.

"관장님. 올해 유달리 눈이 많이 내리는 것 같지 않나요?"

"모르는 소리. 자년에 유독 눈이 적게 온 거다. 네가 세인브리트에서 겨울을 보낸 게 작년에 딱 한 번뿐이지?"

"예."

"세인브리트는 겨울에 평균적으로 발목 높이까지 눈이 쌓인다."

"평균적으로 그 정도로 쌓인다면······."

그보다 더 많이 올 수 있다는 뜻이다. 무릎까지 쌓이는 때도 있다는 소리가 아니던가. 이 정도 눈은 경비병과 식솔들이 충분히 치울 수 있는 양이라는 뜻도 되었다.

"이건 제 마을에서는 폭설인데요?"

"여기서도 폭설이라고 말한다만. 뭐, 이 정도면 그나마 무난하게 오는 편이지."

제이프는 하늘을 바라보았다. 조금씩 눈발이 더 강해지는 것을 보니 아무래도 지금은 쓸어도 의미가 없을 것 같았다. 세인브리트 마탑의 경비대장은 경비병들을 불러 되돌아갔다. 아무리 쓸어도 의미가 없다는 걸 알고 소강상태에 접어들거나 눈발이 약해질 때 다시 작업에 투입할 생각인 것 같았다.

제이프와 발렌도 일단 일을 접어 두기로 하고 도서관 안으로 들어왔다. 신발 밑창과 머리, 옷에 붙은 눈을 전부 털고 안으로 들어온 그들.

어찌나 추웠던지 그들은 누가 먼저라고 할 것 없이 도서관 안쪽의 난로 앞에 앉았다. 추위로 붉게 물든 손을 녹이니 둘 다 나른하게 퍼지게 되었다. 오들오들 떨리는 몸이 차츰 안정을 찾았다.

제이프가 몸을 녹이다가 창문 밖을 바라보았다. 한 치

앞도 볼 수 없을 정도로 눈발이 강해졌다.

"흠…… 이거야 원. 이대로 계속 내리면 몇 시간 내로 눈을 맞아 가며 지붕의 눈을 치워야겠는걸?"

눈이 너무 많이 와서 지붕 위에 계속 쌓이면 붕괴될 위험이 컸다.

"그런데 관장님. 퇴근하실 수 있으시겠어요?"

눈발이 너무 강해 퇴근하기 힘들어 보인다. 발이 눈에 푹푹 빠지니 위험하기까지 하다. 발렌은 이를 걱정한 것이다. 그러나 제이프는 별것 아니라는 듯 어깨를 으쓱였다.

"못할 건 없지. 가는데 좀 고생하겠지만. 정말 못 갈 정도로 눈이 계속 내리면 여기서 자면 되고."

"사모님이 뭐라 안 하세요?"

"겨울에 간혹 있는 일이니까."

걱정할 것 없다는 듯 피식 웃는 제이프. 오늘 할 일도 대충 끝내 놓고 제설을 했으니 몸이나 녹이며 책을 읽을까 생각할 때였다.

끼이익! 쾅!

"발렌! 안에 있어?"

누군가가 문을 세게 열고 들어왔다. 도서관 문이 벽에 부딪치며 큰 소리가 1층 전체에 울린다. 발렌과 제이프의 시선이 출입구로 향한다. 출입구에는 눈도 털지 않고 도서관에 아무렇지 않게 들어온 이바나가 있었다.

"이바나 씨. 일도 아직 안 끝났고, 여긴 도서관이니 조용히 해 주세요. 그리고 눈도 좀 터시고요."

"음? 아, 미안."

미안하다고 말하고서는 곧장 발렌에게 다가오는 이바나. 발렌이 한숨을 내쉬며 그녀에게 자리를 양보하고서 구석에 있던 대걸레를 들고 그녀가 지나온 자리를 말끔히 닦아 냈다. 발렌은 빈 의자를 하나 끌어왔다.

"무슨 좋은 일 있으신 모양이시네요?"

그는 이바나의 얼굴이 상당히 밝은 것을 보고 좋은 일이 있을 것이라 짐작할 수 있었다. 이바나는 맞다고 고개를 주억였다.

"맞아. 이번에 매우 기쁜 일이 있거든."

자랑하러 온 모양이다. 좋은 일이 있다니 다행이라고 생각하며 그녀의 반응에 호응해 주었다.

"무슨 일이신데요?"

"뭔지 맞춰 봐."

발렌이 잠시 고민을 했다.

"혹시 연구하시던 마도구가 성공하셨거나 해법을 찾으신 건가요?"

"아니, 그랬으면 좋겠지만 아쉽게도 그건 아니야. 그건 여전히 미궁 속에 빠져 있거든."

"그럼 탑주님께서 이바나 씨의 마도구를 인정해 주셨다거나?"

"그건 정말 내 평생의 소원이지만, 아쉽게도 그것도 아니야."

그것 외에는 그녀가 기뻐할 일이 뭐가 있을까 싶다. 아무리 고민해도 잘 모르겠다. 발렌이 좀처럼 감을 잡지 못하자 이바나가 후후 웃었다.

"사실 이번에 세기어 왕국의 건국일에 맞춰 나라에서 사절단이 파견되거든?"

"예."

"내가 그 사절단 중 한 명으로 뽑혔어! 세기어 왕국의 사신이 날 높게 평가하시는 걸 보고 날 사절단에 넣으셨거든!"

그게 그렇게도 기쁜 일인지 모르겠다. 20분도 안 되는 거리도 걷기 싫어하는 그녀가 멀리 있는 타국의 사절단으로 뽑혀 간다는 것에 기뻐하니 더더욱 그러했다.

"그러고 보니 이바나 씨는 세기어 왕국에 관심이 많으시네요? 저번에도 그렇고, 지금도 그렇고. 세기어 왕국의 이름만 나오면 아주 좋아하시는 것 같아요."

연회 때 만난 세기어 왕국 사신을 보고 따라가서 기쁘게 대화를 나눴던 이바나. 발렌은 여전히 그녀가 세기어 왕국을 왜 그렇게 좋아하는지 몰랐다.

"세기어 왕국이 어떤 나라인지 알아?"

"드워프 마을이 있다는 것과 건국된 지 얼마 되지 않은 신생국가라는 것, 그리고 매우 추운 나라라는 것밖에 모르는데요."

발렌이야 책을 가리지 않고 본 덕분에 다른 국가에 대해 어느 정도 알고 있지만, 다른 사람들이라면 다른 나라 이름 하나라도 대라고 하면 말하지 못할 것이다. 그나마 그 정도 특징을 아는 것도 대단하다고 볼 수 있었다.

"조금 아는 수준이지만 핵심을 모르네."

이바나는 그래도 부족하다는 듯 손가락 하나를 펼치며 까딱까딱 흔들었다. 그녀가 코앞에 손가락을 닿을 듯 말 듯한 거리까지 내밀었다.

"그 외에는 전혀 들어 본 적 없어? 내가 왜 세기어 왕국에 그렇게 관심을 쏟는지 전혀 모르겠어?"

"딱히 없는 것 같은데요? 그리고 잘 모르겠는데요."

그 이상으로는 전혀 알지 못하는 발렌. 이바나는 여전히 격앙된 목소리로 도서관 안에서 소리쳤다.

"세기어 왕국은 바로 연금술사들을 대우해 주는 나라거든! 그 때문에 세기어 왕국에는 정말 신기한 물건이 잔뜩!

아주 잔뜩 있지!"

"그렇군요."

발렌은 그녀가 왜 연회 때 세기어 왕국의 사절단을 보고 그렇게 흥분한 건지 드디어 이해할 수 있었다.

그녀는 마법 연구보다 마도구 연구에 힘을 쏟고 있었다. 바올라 제국만 아니라 대다수의 국가가 마법을 편리한 도구로 만들어 버리는 연금술사를 배척하고 있지만 그렇지 않은 국가도 있었다. 그중 하나가 세기어 왕국이었던 모양이다.

"생각보다 반응이 미적지근하네?"

발렌은 그녀가 했던 행동을 이제야 이해하고 고개를 끄덕였다.

"그래서 연회 때 세기어 왕국의 사신들이 왔을 때 흥분했던 거군요."

마도구 연구에 관심을 쏟고 있으니, 당연히 그녀는 연금술사를 대우해 주는 나라에 대해 호감을 느낄 수밖에 없을 것이다. 그리고 자신의 연구하고 개발한 것들을 인정받을 수 있는 계기도 될 것이다.

"그러고 보니 세기어 왕국은 바올라 제국과 동맹이고, 매우 우호적인 국가였죠?"

"맞아. 세기어 왕국이 아이벤 대륙의 모든 국가들에게

국가로 인정받은 게 우리나라 덕분이니까."

초기 세기어 왕국은 북부 부족민들이 세운 국가이기에 야만족이 세운 국가라고 헐뜯는 국가가 많았다.

북부에는 야만족들이 많았고, 그들이 바올라 제국과의 국경을 넘어 습격하여 제국민에게 피해를 주는 일도 많았다. 그때 현 세기어 국왕이 세력을 키워 영토를 넓혔고, 곧 나라를 세우게 된 것이다.

바올라 제국은 세기어 왕국의 정통성을 인정했다. 그들로 하여금 야만족들을 해치우기 위해 우호적으로 다가갔고, 세기어 왕국은 정통성을 얻을 수 있었기에 긍정적으로 받아들였다.

바올라 제국은 명실상부 아이벤 대륙 최강국. 최강국이 인정해 주었다는 것만으로 모든 국가들은 세기어 왕국을 인정할 수밖에 없었다.

그 덕분에 세기어 왕국은 정식으로 아이벤 대륙의 국가가 되었고, 세기어 왕국은 바올라 제국과 활발한 교류를 하며 가장 우호적인 국가로 거듭나게 된 것이다.

"게다가 세기어 왕국은 우리나라에 다른 국가들보다 훨씬 헐값에 자원을 팔아 주고 있고, 서로 교육까지 교류하고 있지."

바올라 제국은 연금술을 천대하는 나라인 만큼 교류하

고 있지 않지만 마법은 서로 교류하고 있다는 모양이다.

"그래서 도서관에 찾아온 건 제게 자랑하려고 오신 거예요?"

"내가 고작 그런 걸로 찾아오겠어? 아무리 심심해도 남의 일터에서 소란 피우지는 않거든?"

이미 충분히 소란을 피운 것 같지만…… 뭐, 할 일도 거의 없었으니 누가 오더라도 상관없기는 했다.

"그래서 용건이 뭔데요?"

"들으면 깜짝 놀라 뒤로 넘어질 걸?"

호언장담까지 하며 시간을 끄는 이바나. 그리고 그녀가 손가락으로 발렌을 가리켰다.

"내 수행인으로 널 추천했어."

발렌이 뒤를 돌아보았다. 제이프와 눈을 마주쳤다. 제이프는 왜 자신을 보냐는 듯 바라본다. 발렌은 다른 쪽을 보았다. 아무도 없었다. 이곳에 있는 사람은 제이프, 이바나, 발렌이 전부. 결과적으로 이바나가 너라는 호칭으로 부를 만한 사람은 자신밖에 없다. 발렌은 여전히 미심쩍은 듯 자신을 손가락으로 가리켰다.

"……저를요?"

이바나는 자랑스럽게 고개를 주억였다. 그녀의 표정은 마치 '나 잘했지?' 라고 말하는 듯이 보였다. 그는 멍한 표정으로 그녀를 바라보았다. 그녀가 자신을 왜 수행인으로 지목한 것인지 이해하지 못하겠다는 듯이.

"절 왜요?"

"왜냐하면 너는 일단 마법을 구사할 수 있잖아. 마법 촉진제를 사용한 돌팔이 마법사라도 어쨌든 전력에 큰 도움이 되는 위저드급 마법사란 말이지."

"돌팔이 마법사라는 말이 조금 신경 쓰이지만, 무시하고…… 어쨌든 왜 절 추천하신 거죠?"

"수행인이 해야 할 게 뭔 줄 알아?"

"잡일 아닌가요?"

"잡일도 있지만, 진짜 목적은 항상 곁을 지켜 주는 호위가 가장 크지."

귀족이 다른 나라로 갈 때 특히 조심해야 할 게 몬스터와 도적들이다.

몬스터를 잘못 만나면 당연히 몰살이고, 도적을 만나 패배하면 이바나의 신변이 매우 위험했다. 모든 물품을 빼앗기는 건 물론이고, 그녀가 세인브리트 마탑주의 손녀라는 것까지 알면 노예나 창관에 팔기보다 입막음으로 죽일 가능성이 더 컸다.

몸값을 요구하면 그나마 다행일 수 있으나, 보복을 두려워할 가능성이 더 컸다. 그래서 필요한 게 수행인이다. 믿을 수 있고, 여행길을 편하게 갈 수 있게 도와주고, 항상 곁을 지켜 줄 수 있는 그런 믿음직한 사람 말이다.

몇 명의 사절단도 함께 간다고 하지만, 사절단은 기본적으로 호위 임무를 맡은 사람들을 포함해 열 명 안팎으로 간다.

많은 병사들이 국내로 들어오면 불순한 의도를 가지고 기습하는 이들을 막아 낼 때 피해를 생각해서다.

"아니, 제가 왜 그런 자리에 가야 하는 거죠?"

"내가 아는 사람 중 가장 네가 믿음직스러우니까? 너라면 나도 안심이 되고 말이야."

자신이 믿음직하다니 그건 고맙기는 하지만, 여전히 이해할 수 없다는 표정이었다. 지금까지 호기심은 있었을지언정, 단 한 번도 다른 나라에 가 보고 싶다는 생각을 거의 한 적이 없었다.

"탑주님이 허락하시겠어요?"

"그럴 줄 알고 할아버지에게 먼저 승낙 받았지."

"탑주님까지요?!"

발렌은 기가 막힌 표정을 지었다. 설마 이바나가 벌써 탑주의 승낙을 받았을 줄은 상상도 못했기 때문이다.

"탑주님은 제 뭘 믿고 그러시는 건지…… 여자도 아니고 남자를 옆에 두면 제가 무슨 짓을 할 줄 알고요?"

"할아버지 말로는 네가 나름대로 용맹하고 결단 있는 듯싶지만, 나를 이상한 눈으로 바라보거나 이상한 짓을 할 만한 그런 사람은 아니라고 했는데? 나도 그렇게 생각하고 있고."

무슨 근거로 그런 말을 하는 걸까. 믿어 준다니 고맙고 정말 그런 짓은 하지 않겠으나, 어째 남자로서 부정당했다는 것이 꺼림칙하게 느껴졌다.

"너 타국으로 간 적 한 번도 없지?"

"그런데요?"

타국만이 아니라 남바른 영지의 아올란 마을과 그 주변 마을 그리고 세인브리트 외에 국내의 어떤 지방도 가 본 적이 없다.

"이번 기회를 잡아보는 거야. 타국으로 갈 수 있는 절호의 찬스잖아. 용병이나 상인이 아닌 이상 사절단과 함께 가는 건 흔한 기회는 아니잖아."

발렌이 망설이는 듯 턱에 손을 괴었다. 발렌만이 아니라 다른 평범한 사람들도 타국을 오가는 사람들은 정말 드물다. 평생 고향에서 나오지 않는 사람도 있고, 타국의 사람을 본 적 없는 이도 꽤 많다.

무역을 하는 상인이나 용병들, 국경 인근에 사는 사람들 그리고 사절단을 제외하고 여행으로 타국에 갈 수 있는 사람이 몇이나 될까. 확실히 바올라 제국 외에 다른 국가에 대한 호기심은 있을 수밖에 없었다.

"무엇보다 타국으로 가 보면 견문을 넓힐 수 있지 않을까? 그리고 남들이 쉽게 구경해 보지 못한 나라에 갔다 왔다는 걸 평생의 자랑으로 삼을 수도 있고 말이야."

이바나의 말처럼 자신의 견문을 넓힐 수 있는 기회가 되지 않을까 싶었다.

'확실히…… 흔치 않은 기회이기는 한데…….'

메튜가 용병 시절 이 나라 저 나라 많이 오가며 정말 많은 걸 보고 느꼈다는 걸 어렸을 때 들어 본 적이 있었다. 같은 아이벤 대륙인데, 나라의 독특한 문화가 그렇게 신기할 수 없다고 한다. 생활양식도 다르고, 음식도 다르고. 무엇보다 바올라 제국에서는 볼 수 없는 건축양식까지 볼 수 있었다고 한다.

'그러고 보니 아버지는 세기어 왕국에 가 본 적은 없다고 하셨지.'

메튜가 한창 용병으로 일할 때는 세기어 왕국이 건국된 지 얼마 되지 않았을 때다.

초기 건국 때 야만족들의 공격으로 일거리는 많았다지만 위험이 많이 따랐기 때문에 목숨을 걸고 가지는 않았을 것이다.

지금은 그나마 조금 안정되어 안전하다고 들었던 것 같기는 하다. 타국에 처음 가 보는 것이다 보니 기대가 되기도 했다.

갈까 말까 계속 망설이던 발렌은 제이프에게 물었다.

"관장님은 제가 어떻게 했으면 좋겠어요?"

"그걸 왜 나한테 물어보냐? 네가 하고 싶은 대로 하면 되는 것을."

제이프는 부담 갖지 말라는 듯 말했다. 오히려 쉽게 경험할 수 없는, 둘도 없는 기회이니 잡으라고 하는 것처럼 보이기까지 했다.

"아 참. 이번에 2황자 전하와 레딘도 함께 가니까 불편한 점은 없을 거야."

"2황자 전하가 함께 가는 것 자체가 가장 불편한 것 아닌가요?"

황자 앞에서 실수를 할 수 없으니 오히려 부담감을 주는 꼴이 아닌가.

"2황자 전하는 함부로 아랫사람을 굴리는 분이 아니시니까 걱정하지 마. 아랫사람들에게도 배려심이 깊은 분이셔서 너도 지내다보면 편하게 느껴질 거야."

아루스가 인망이 두터운 것은 익히 알고 있다. 연회 때도 아루스에게 꽤 많은 귀족들이 모였고, 가끔씩 시종들이

나 하녀들에게 다가가 고생이 많다며 격려해 주기까지 했으니까. 그 때문에 사람들은 그가 황제의 자리에 앉게 되면 성군이 될 거라며 벌써부터 칭찬을 아끼지 않고 있다.

"레딘은 무슨 일로 가는 건가요?"

"레딘은 아루스 황자 전하의 호위로 따라가게 된 거야."

아루스의 무위도 결코 만만치 않은데 레딘까지 옆에 있다면 어지간한 도적단은 함부로 건드리지 못할 것이다. 그 둘만 해도 상당한 전력인 것은 확실했다.

"그런데 왜 1황자 전하는 안 가시고 2황자 전하만 가시나요?"

"1황자 전하는 자숙 중이시고, 2황자 전하께서는 황제 폐하를 대신해 세기어 왕국과 우호를 다지고 동맹 관계를 굳건히 하시겠다고 자원하셨거든. 리즈도 따라가겠다고 했는데, 황제 폐하께서 황족을 굳이 둘을 보낼 이유가 없다고 반대하셔서 못 가게 되었지."

황족이 사절로 가는 일은 흔치 않지만, 바올라 제국에서는 많은 편이다. 이유라고 든다면 황위 계승권을 위해 공을 세우고자 다양한 일을 하다 보니 사절로 가는 것도 마다하지 않게 되었기 때문이다.

당연히 낯선 나라로 간다는 것 자체에 위험성이 따르지만 그 위험한 일도 주저 없이 하게 만드는 것이 바로 황위 계승권의 힘이었다.

"그래서 어떻게 할 거야? 갈 거야, 말 거야?"

"꼭 지금 결정해야 되나요?"

"꼭 지금 결정해야 돼. 출발일이 사흘 밖에 안 남았거든. 그래서 오늘 내로 결정을 내려야 돼."

발렌은 생각할 시간도 없다는 것에 기가 찬 얼굴로 그녀를 바라보았다. 그녀야 세기어 왕국에 가 볼 수 있다는 것에 한 치의 망설임도 없이 승낙했겠지만, 발렌은 전혀 아니기 때문이다.

그녀처럼 세기어 왕국에 관심이 많지도 않고, 연금술사를 천대시하지 않는 나라라는 것도 방금 전 알았을 뿐이었다.

"음······."

발렌은 고민했다. 갈까 아니면 말까. 한참을 고민하고 고민하다 이바나가 슬슬 기다리기 지친다는 표정을 지을 때쯤이었다. 그의 입이 열렸다.

"갈게요. 타국으로 가는 기회가 흔한 것도 아니고, 세기어 왕국이 어떤 곳인지 보고 싶네요. 견문을 넓히고, 새로운 곳을 경험해 보고 싶어요."

"절대 후회하지 않을 거야!"

이바나의 얼굴이 밝아졌다.

   ＊ ＊ ＊

 이바나가 돌아가고, 눈이 소강상태에 접어들어 지붕 위의 눈을 전부 쓸고, 도서관 주위의 눈을 제설하고 있을 때였다.

"발렌!"

엘리즈가 발렌을 찾아왔다. 발렌은 잠시 제설을 중단하며 그녀를 맞이했다.

"무슨 일이야, 리즈?"

"세기어 왕국에 따라간다고? 방금 전 스승님과 이비에게 들었어. 이비가 널 수행인으로 추천하고, 스승님이 허락하셨다는 걸."

이바나와도, 탑주와도 가깝다보니 소식이 빠를 수밖에 없었다. 발렌은 고개를 주억였다.

"맞아. 이바나 씨가 좋아 죽는 그 나라가 어떤 곳인지 궁금하기도 히고, 타국으로 가 볼 수 있는 좋은 기회잖아. 수행인이라고 해도 이바나 씨는 힘들지 않게 해 줄 테니 걱정 말라고 하더라고."

"그래?"

엘리즈는 뭔가 걸린다는 듯 잠시 고민에 빠졌다. 발렌은 그녀가 왜 저럴까 싶었다.

"세기어 왕국에 갈 때 챙겨갈 물품은 챙겨 뒀어?"

"아직. 일이 끝나고 밖에 나가서 장을 볼 생각이야. 엄청 추우니까 두꺼운 옷을 더 사고, 나머지는 세기어 왕국에서 구입하는 게 좋을 거라고 하더라고. 얼마나 춥기에 그러는 건지……."

"거긴 추위라고 말할 그럴 날씨가 아니야. 추위 그 이상이지. 직접 겪어 보면 춥다는 말로 모자라다는 걸 알게 될 거야."

추위 그 이상이라고? 아무리 생각해도 잘 감이 잡히지 않았다. 도대체 얼마나 추우면 그렇게 말하는지 이해하지 못했다.

"어쨌든 사실인 모양이네. 난 또 이비가 졸라서 억지로 가는 줄 알았지 뭐야."

"조르지는 않았어."

타국에 대한 호기심이 있던 것도 사실이다. 이바나에게 있어 천국과도 같은 나라가 어떤 곳인지, 궁금하기도 했다.

'무엇보다 드워프의 마을도 있고 말이야!'

발렌이 세기어 왕국에 가고자 결정했던 결정적인 이유는 바로 그것이었다.

드워프!

키가 굉장히 작지만 힘이 세고, 금속을 잘 다루며, 인간과 비슷하게 생긴 종족으로 알려져 있다.

기회가 된다면 드워프의 마을에 한 번 들러 보고 싶은 마음이 컸다. 책에 나온 것처럼 정말 키가 작고, 뭐든 잘 만드는 종족인지 궁금했다. 그곳은 세계 최대의 공방이 있는 마을이 아니던가.

이바나도 드워프에 대한 호기심이 있기 때문에 기회가 된다면 그곳에 가겠다고 했다.

"그래? 어쨌든 타국에 가는 건 이번이 처음이지?"

"응. 리즈는 다른 나라에 많이 가 봤어?"

"마탑에 들어오기 전에 몇 번 가 본 적이 있었어. 지금은 굳이 갈 이유가 없어서 가지 않게 되었지만."

황위 계승권을 포기하고 세인브리트 마탑의 마법사가 되었으니 굳이 갈 이유가 없어진 것이다. 엘리즈는 사절로 가지 않고 이곳에 남기로 되어 있었다.

"리즈는 세기어 왕국에 가 본 적 있어?"

"아니. 내가 간 곳은 메이어 신성 제국하고 몰디 왕국이 전부야."

바올라 제국이 워낙 땅덩이가 큰 만큼 그 어떤 나라에 간다고 해도 수도에서 거리가 꽤 될 수밖에 없었다.

특히 몰디 왕국은 대륙 동쪽의 왕국이고, 메이어 신성 제국은 대륙 중앙과 남단을 다스리는 나라다. 거리가 꽤 되는 나라에 다녀왔구나 싶었다.

"세기어 왕국에 갔다 온 사절들의 말을 들으면 아무리 옷과 모포를 둘러 입어도 자다가 얼어 죽을 수 있을 날씨라고 하니까 단단히 입어야 한대. 동상에도 유의해야 하고. 그 외에도 여러 가지가 있지만…… 나머지는 세기어 왕국에 도착하면 그쪽에서 알아서 해 줄 거야."

그래도 들은 것은 있기 때문에 기억나는 것을 말해 주는 엘리즈. 아무래도 다른 나라도 아니고 대륙의 가장 혹한의 날씨를 자랑하는 나라에 가기 때문인지 걱정이 많은 것 같았다.

마치 어머니가 세인브리트로 일하러 갔을 때 자신을 걱정하는 모습과 닮아 있는 것 같아 발렌이 피식 웃었다.

"왜 웃어?"

"아니, 아무것도 아니야. 걱정해 줘서 고마워, 리즈. 타국으로 갔을 때 유의해야 할 점은 또 없어?"

"그쪽 음식과 문화를 잘 이해하려고 노력하라는 정도? 이쪽에서는 당연한 것이 그쪽에서는 당연하지 않을 수 있거든. 그 때문에 마찰이 생길 수 있으니 항상 말조심, 몸조심해야 돼."

되도록 다툼 없는 무난한 여행길이 되었으면 좋겠다.
 엘리즈는 발렌에게 여러 가지 주의점들을 알려 주고서 이후 여행에 챙길 물품들을 사는 데 도움을 주었다.

Chapter 03
세기어 왕국

<세기어 왕국>

초대 국왕: 매거드 발리스 세기어

건국일: 아이벤 대륙력 4201년 12월 26일~

수도: 바이레드

종교: 바덴교, 알테미아교

건국된 지 30년이 조금 넘은 국가. 가장 혹한의 날씨를 자랑하는 북부에 위치한 나라. 일 년에 여름이 3개월, 겨울이 9개월이다. 수많은 광물들이 매장되어 있어 아이벤 대륙의 대부분 광물이 이 나라에서 수출된다.

희귀 광물도 많이 있고, 드워프 마을도 존재하며 다른 나라와 달리 연금술사에 대한 대우가 좋은 국가이다.

기름진 음식을 많이 먹는다.

백성의 대다수가 설원의 신, 바덴을 믿는 바덴교를 믿는다.

―『아이벤 대륙의 나라에 대하여』14p 발췌―

* * *

"따가워. 아니, 아파."

엄청난 추위다. 살갗을 파고든다는 말이 뭔지 절실하게 느껴지는 날씨다. 두껍게 입은 것도 모자라 모포까지 두른 것이 무색하게 뚫고 들어오는 한기는 아프게 느껴질 정도였다.

생전 이런 추위는 느껴 본 적 없기에 다들 덜덜 떨며 모닥불 근처에 앉았다.

밖에서 오줌을 누는데 바로 얼어붙은 광경은 아무리 생각해도 잊히지 않았다.

그들은 지금 세기어 왕국에 도착해 야영을 하고 있었다. 세기어 왕국의 수도인 바이레드까지 가는 길은 너무나도 험난해 보였다.

국경을 넘은 지 벌써 나흘째 되는 날이건만, 마을 하나 보지 못했다.

마을이라도 있었으면 여관에 들러 따뜻하게 잘 수 있겠으나, 야외에서는 동굴마저 찾아보기도 힘들었다. 발렌은 모닥불로 따뜻하게 데운 차를 마시며 어떻게든 이 혹한을 이기려고 노력했다.

"아주 꼴이 말이 아니구나?"

이바나는 주위 풍경을 둘러보다가 곧 발렌의 옆에 앉았다.

"이바나 씨는 멀쩡해 보이시네요?"

발렌은 이바나가 추위에 엄청 강한가 싶기도 했다. 이곳에 있는 전원 추위에 덜덜 떨고 있는데, 그녀만 유독 멀쩡했기 때문이다.

이바나는 그 이유를 설명해 주었다.

"내가 말해 주지 않았나? 세인브리트 마탑의 마법사복은 방한, 방서가 되는 로브라고."

그러고 보니 그런 말을 들었던 것 같았다. 폭염이 기승을 부리는 날에도 마법사들은 후드까지 뒤집어쓰고 돌아다녔었다.

도서관 내부도 시원하고, 따뜻한 편이지만, 그들은 야외

활동에 전혀 지장을 받지 않았다. 그게 부럽지 않을 수 없었다.

"그러고 보니 아주 미약하지만 열기가 전해지는 것 같네요. 이바나 씨, 혹시 로브 자락을 살짝 열어서 제 쪽에 보내 주실 수 있으신가요?"

"안 돼. 방한이 되더라도 바람이 들어오면 춥단 말이야."

이바나는 열기가 나가지 않게 하기 위해 로브 자락을 손으로 붙잡았다. 발렌은 치사하다고 생각하며 모포를 더욱 몸에 둘렀다. 그래도 뜨겁게 덥힌 차를 마시니 어느 정도 추위가 물러나는 것 같았다.

발렌은 한 모금 마시고 다시 모닥불에 차를 데웠다. 워낙 추워서 아무리 뜨거워도 금방 식어 버리기 때문에 이렇게라도 해야 따뜻한 차를 마실 수 있기 때문이다. 그 모습을 보니 이바나가 상당히 안쓰럽다는 시선으로 그를 바라보았다.

"마을은 얼마나 더 가야 되나요?"

"다행히 루가스 백작님의 말에 따르면 하루 거리에 있다고 하더라고. 오늘만 견디면 내일은 편하게 마을에서 쉴 수 있을 거야."

"그거 다행이네요."

루가스 백작은 세기어 왕국에 자주 와 본 사절이다. 이번에는 아루스가 왔기에 사절의 대표는 아니지만, 평소에 세기어 왕국에 사절로 갈 때는 항상 사절의 대표로 선발되기도 했다. 지금은 세기어 왕국의 길 안내와 더불어 아루스를 보필하는 역할도 같이 수행하고 있다.

"잠시 옆에 끼어도 되겠느냐?"

아루스가 눈을 사박사박 밟으며 다가온다. 그 뒤에는 레딘도 함께 있었다. 발렌과 이바나가 자리에서 일어났다.

"예, 황자 전하."

아루스가 맞은편에 앉았다. 그는 어려워 말라는 듯 미소를 그리며 자리를 가리켰다. 앉으라는 뜻이다. 발렌과 이바나가 자리에 앉았다.

"레딘."

"예, 황자 전하."

"그대도 옆에 앉아라."

"저는 언제든 황자 전하를 노리는 적의 기습에 맞설 수 있게……."

"자자, 너무 딱딱하게 굴지 말거라. 세기어 왕국의 병사들이 지켜 주고 있는데 뭘 그렇게 딱딱하게 구는 것이냐."

국경에 도착했을 때부터, 바이레드까지 안내하는 병사와 몇몇의 기사들이 그들을 호위하고 있었다. 듣자 하니 황족이 찾아와도 국경부터 이렇게 맞이해 주는 경우는 정말 드문 일이라고 한다.

그만큼 세기어 왕국은 바올라 제국에 깊은 인상을 심어 주고자 하는 것과 만국에 자신의 나라가 바올라 제국과 끈끈한 우호국이라는 사실을 알리려 하는 것이다. 덕분에 호위를 하는 수행인들이나 기사들의 부담을 덜 수 있게 되었다.

그러나 레딘은 조금 망설이고 있었다. 레딘은 근위 기사 시험에 당당히 수석으로 합격하고 근위 기사가 되었다. 그리고 그가 맡은 첫 임무는 아루스의 호위였다. 근위 기사가 되기 전부터 어느 정도 알고 지낸 사이이기에 아루스가 그를 지목한 것이다.

정식 근위 기사가 된 지 이제 한 달인 레딘. 자신이 꿈에 그리던 근위 기사가 되었으니 일에 대한 열정이 남아 있을 수밖에 없었다.

"자, 일에 대한 열정도 좋지만, 도가 지나치면 제 풀에 지치기 마련이다."

아루스의 말에 레딘이 잠시 고민하다가 이내 승낙하며 자리에 앉았다.

아루스가 만족스럽게 웃었다.

바이레드로 가면서 지금까지 느낀 것인데, 아루스는 정

말 아랫사람이라고 함부로 대하지 않았다. 오히려 배려하고 조금이라도 편하게 해 주는 편이었다. 심지어 자신이 불편하더라도 배려해 주는 모습은 귀족이나 황족에게서 찾기 드문 일이었다.

"차를 새로 끓이겠습니다."

"고맙구나."

발렌이 마차에서 잔과 큰 주전자를 꺼내 왔다. 사방이 눈이니 물을 구하는 건 어렵지 않았다. 누구도 밟지 않은 깨끗한 눈을 주전자에 꽉꽉 눌러 담은 발렌. 모닥불에 올려 두니 얼마 지나지 않아 눈이 녹아 물이 되고, 곧 팔팔 끓게 되었다. 거기에 찻잎을 넣고 우려내니 곧 붉은빛의 차가 완성되었다.

발렌이 모닥불에 둘러앉은 전원에게 차를 돌렸다. 엘리즈가 자신이 탄 차를 만족스럽게 마시기는 했지만, 아루스에게도 잘 맞을지 걱정스러운 발렌. 다행히 모두의 입에 맞은 듯 미소가 그려졌다.

"맛있구나. 지금 황실에 있는 시종이 끓여 주는 것보다 더 맛있는 듯하다."

"과찬이십니다. 다만 날씨가 매우 추워 금방 식습니다. 차가 식으면 제게 말씀해 주십시오. 다시 뜨겁게 덥히겠습니다."

"그렇게까지 할 필요는 없다. 차갑게 마시는 차도 나름대로 마실 만하니까."

개의치 말라는 듯 손사래를 치는 아루스. 정말 드문 인격을 가진 사람이구나 싶었다.

높은 위치에 있더라도 남들을 배려하는 모습은 정말 보기 드문 장면이었다. 몇 번 생각해도 참으로 신기한 일이 아닐 수 없었다.

'그에 반해 1황자의 평가는 상당히 나쁘고 말이야.'

대놓고 말하고 있지는 않지만 들려오는 소문에 가벨은 폭군의 기질이 다분하다고 평가된다.

한 명은 폭군, 다른 한 명은 성군. 같은 핏줄을 타고, 교육 환경도 같았을 텐데 형제의 성격이 많이 다르구나 싶었다.

"그런데 레딘 공자. 춥지 않으십니까?"

아루스의 앞이라 레딘에게 격식을 차려 말하는 발렌. 이를 보고 아루스가 빙그레 웃었다.

"내가 있다 하여 격식을 차릴 필요는 없다. 사석이니 편하게 말하거라. 이미 그대와 레딘에 관해서는 전해 들었으니까. 레딘도 마찬가지다. 벗이 옆에 있는데 괜히 딱딱하게 대하지 않도록 하여라."

이건 너무 풀어 주는 게 아닌가 싶어 이바나를 바라보는 발렌. 그녀는 늘 있는 일이라는 듯 어깨를 으쓱였다.

"황자 전하께서 그리 말씀하시면 해도 돼. 황자 전하는 딱딱한 분이 아니시니까."

어릴 적부터 엘리즈와 친한 이바나는 자연스럽게 아루스에 대해서도 어느 정도 알고 있었다. 익숙하기 때문에 이바나는 크게 생각하지 않고 있었다. 이바나는 아루스와도 친분이 있었다.

아루스가 빙그레 웃으며 다시금 차를 마신다. 그새 차가 식었는지 뜨거운 것이 전혀 느껴지지 않았다. 한 모금을 마신 그가 다시금 입을 뗐다.

"그대는 누이동생 말고 레딘과도 친한 것 같더구나. 레딘에게 들었다. 누이동생의 생일 때 벗이 되었다면서?"

아루스가 말하는 누이동생은 엘리즈였다.

"그렇습니다, 황자 전하."

"게다가 미스 엘로이와도 가깝게 지내고 말이야. 바올라 최고의 두 가문의 자재와 가까이 지내다니. 참 드문 일이야."

확실히…… 귀족들에게도 힘든 일인데, 평민인 발렌은 두 가문과 친분이 두터웠다.

바올라 제국 최고의 기사 가문인 남바른과 최고의 마법사 가문인 엘로이 가문. 발렌의 뒷배경은 정말 어마어마한 것이었다.

'게다가 황녀인 내 누이동생까지…….'

평민이자 사서에게 있을 수 없는 일이다. 참으로 인복이 넘쳐흐르는 사람이다 싶었다. 귀족들도 이들 중 한 명이라도 친해지려고 하는 자가 수두룩한데, 그는 둘과 친분이 두터워 보였다.

어느새 발렌과 레딘, 이바나가 서로 대화를 나눈다. 아루스는 이를 그저 지켜보고만 있을 뿐이지만 보는 내내 미소를 잃지 않았다.

한창 대화를 나누다가 다시 차를 마시기 위해 찻잔을 기울이던 아루스가 이상함을 느끼고 찻잔을 바라보았다. 그곳에는 벌써 꽝꽝 얼어붙은 차가 있었다.

"하하, 대화를 나누다 보니 차가 얼었구나. 미안하지만 한 잔만 더 끓여 줄 수 있겠느냐?"

"예, 물론입니다."

발렌이 빙그레 미소를 지으며 다시 차를 끓여 주었다.

* * *

세기어 왕국 수도 바이레드.

국경 근처에 무역과 검문소를 제외하고는 인적이 없던

나라지만, 점점 수도와 가까워지자 인가가 보이기 시작했다.

수도에 도착하니 수많은 마차를 볼 수 있었다. 무역을 하기 위한 상단의 마차들이었다. 그 규모를 봤을 때 바올라 제국과 결코 뒤지지 않을 정도로 많았다. 상단들끼리 모여 만든 상인 길드도 수도 근방에 몇 곳이나 있었고, 추운 날씨임에도 사람들은 밖으로 나와 돌아다니기를 꺼리지 않았다.

"굉장하네요, 세기어 왕국민들은."

이런 엄청난 추위에도 뛰놀고 있는 백성들을 보자니 경외심마저 들었다.

이를 듣고 있던 이바나가 호호 웃었다.

"여기 사람들은 이런 날씨가 당연하니까. 아마 바올라 제국에 오면 덥다고 가볍게 입고 다닐 걸?"

세기어 왕국에 오기 전 잠깐 공부했는데, 세기어 왕국의 여름은 포근하기는 하지만, 덥지 않다는 모양이다

3개월이 여름, 나머지 9개월은 겨울. 이런 척박한 땅에서 살아가는 사람들. 그러나 그들은 하나같이 웃음을 잃지 않았고, 부유하기만 했다.

이유를 들자면 세기어 왕국에 매장된 수많은 광물 덕분이었다.

심지어 그 희귀하다는 마정석 광산도 세기어 왕국에 집중되어 있었다.

척박하고 아무도 들어오지 않아 지금까지 누구도 눈을 들이지 않았던 땅.

바올라 제국도 마찬가지였지만, 세기어 왕국이 이 땅에 세워지면서 지금까지 몰랐던 수많은 자원이 쏟아져 나온 것이다.

덕분에 철광석, 은, 구리 같은 광물의 시세가 폭락했던 적도 있을 정도다. 지금은 무분별한 수출을 하지 않아 가격이 다시금 안정되었다.

그래도 여전히 폭락한 것들이 몇몇 있었고, 많은 광물이 쏟아져 나오는 것도 사실이다.

대표적으로 가장 많이 폭락한 것이라고 하면 바로 마정석. 마정석은 10년 전까지는 매우 희귀한 광물로 취급되었지만, 세기어 왕국과 바올라 제국이 마정석 수출입 교역을 맺자 가격이 반절 이하로 떨어졌다.

덕분에 이바나도 실험품을 만들 때 마정석을 자주 애용할 수 있게 된 것이다.

그래도 발렌 같은 평민의 기준으로 봤을 때, 여전히 비싼 것도 사실이다.

'그나저나 확실히 건축양식이 다르긴 다르구나.'

국경을 넘어 처음으로 마을에 들어섰을 때부터 느낀 거지만, 바올라 제국과 다르게 세기어 왕국은 수도에도 나무로 지은 집 밖에 없었다. 세기어 왕국에 산림이 많은 까닭이다.

영토를 지키기 위한 성들을 제외하고는 전부 나무로 지어져 다른 면모를 볼 수 있었다.

바올라 제국도 나무집이 있기는 하나, 짓는 방식이 판이하게 달라 다른 나라에 왔다는 것을 실감할 수 있었다. 게다가 벽돌집 하나 찾을 수 없다는 것이 매우 생소했다.

그렇게 왕성을 향해 가던 마차가 어느덧 멈춰 섰다.

"왕성에 도착했습니다."

마부의 말이 떨어지기 무섭게 다들 정면으로 시선을 향했다. 그곳에는 거대한 외곽으로 둘러진 성 하나를 발견할 수 있었다.

세기어 왕국 근위병의 안내에 따라 마차를 대고, 밖으로 나온 사절단. 매서운 추위는 여전하지만, 오늘은 비교적 포근하게 느껴졌다.

'따가움에서 추위로 변했다는 것으로 포근해졌다고 느낄 정도니 말은 다했네.'

아마 세기어 왕국에 오지 않았다면 평생 겪어 보지 못했을 경험이다. 루가스 백작을 따라 왕성에 들어오니 밖의 추위는 어디가고 따뜻한 열기가 그들을 반겨 주었다. 근처에 난로도 없는데 성 전체가 따뜻하다니. 아루스도 이것에 놀라고 있었다. 발렌은 이것이 어떤 원리인지 궁금할 따름이었다.

"아루스 황자 전하. 국왕 전하께서 기다리고 계십니다."

마셀과 비슷한 연령의 집사가 다가와 아루스에게 그리 말해 왔다. 보아하니 마셀처럼 세기어 국왕을 모시는 보좌관인 것 같았다.

"알겠다. 짐을 맡기고 사절단과 호위 기사들은 곧장 대전으로 향하겠다."

아루스가 시종에게 짐을 맡겼다. 다른 사절들도 마찬가지로 자신의 시종에게 짐을 맡기고 아루스의 등 뒤에 섰다.

"발렌."

"예, 이바나 씨."

"짐 좀 부탁할게."

"예, 맡겨 주세요."

대전에 들어가는 것은 사절단만 가능하다. 사절이 아니라 단순한 수행인으로 온 발렌은 대전에 들어가는 것이 허락되지 않았다.

이바나는 다시 한 번 부탁한다 말하고 곧 아루스를 따라 대전으로 이동했다. 발렌은 자신의 짐과 이바나의 짐을 꺼내기 위해 마차 뒤로 향하고…….

"도대체…… 뭘 이리 챙겨 왔기에 많은 거지?"

거의 이삿짐이나 다름없는 방대한 양의 짐을 보고 발렌은 혀를 내둘렀다.

* * *

"바올라 제국의 사절단으로 오신 아루스 폰 바올라 황자 전하와 루가스 백작 외 세 명이 입장합니다."

왕성의 대전. 세기어 왕국의 가신들이 모여 있는 가운데, 바올라 제국의 사절단이 들어왔다.

아루스가 선두로 들어와 앞에 멈춰 서자 다들 정중히 오른손을 왼쪽 가슴에 대고 인사했다. 바올라 제국의 예법이었다.

"바올라 제국, 제2 황자인 아루스 폰 바올라가 세기어 왕국 국왕 전하께 인사드립니다."

"어서 오시게. 소문으로만 듣던 2황자가 직접 오겠다는 말에 과인이 얼마나 놀랐는지 모르네."

세기어 국왕은 아루스를 직접 보고서 감탄했다. 남자가 봐도 멋있다고 느낄 만큼 미남이었기 때문이다. 그 옆에 있던 왕비도 아루스를 직접 보고 감탄할 정도였다. 그리고 그 옆에는 공주로 보이는 여인이 얼굴을 붉히고 흘끔흘끔 그를 바라보고 있었다.

'저 여인이 7남 6녀 중 막내인 쥬디아 공주인가?'

세기어 왕국 최고의 미인이라고 알려진 늦둥이 쥬디아 공주. 장남과 나이 차가 무려 30살이나 날 정도다. 바올라 제국에는 엘리즈 황녀 때문에 쥬디아 공주의 미모에 대해 잘 알려지지 않았다.

그러나 타국의 사신들과도 대화를 많이 나누는 아루스. 그는 타국의 사신들과 대화를 하다가 엘리즈 황녀를 제외하면 세기어 왕국의 막내 공주가 대륙에서 제일 아름답다는 얘기를 예전부터 들었었다. 실제로 보니 그 소문은 사실인 듯했다.

아루스는 자신을 힐끔거리는 쥬디아 공주에게 미소를 보여 주었다. 쥬디아 공주가 그 미소를 보고 고개를 돌려 시선을 아예 회피했다. 쥬디아 공주가 낯을 많이 가리고 부끄러움을 많이 탄다고 하던데, 정말 그런 모양이다.

"바올라 제국과 세기어 왕국의 친교를 위한 자리에 언제 한 번 참석해 보고 싶다고 생각했습니다. 황실의 황자이기 전, 한 명의 기사로서 국왕 전하를 뵙게 되어 무한한 영광입니다."

매거드 발리스 세기어. 그는 한 나라의 군주이기 전에, 최고의 기사로 평가되고 있었다.

바올라 제국의 병사들도 어찌지 못한 야만족들을 단신으로 해치운 자가 바로 눈앞에 있는 세기어 국왕이다.

명예를 알고, 백성들을 위해 헌신한 그가 버젓이 살아있음에도 어떤 작가에 의해 일대기가 서적으로 만들어졌을 정도다.

한 명의 기사로서 그의 무위는 무한한 존경을 표할 수밖에 없었다.

세기어 왕국에서는 그가 한 나라의 군주이자, 살아 있는 전설이라고 할 정도로 존경받는 국왕이니까.

"과인도 한 나라의 군주이기 전에 그대를 보고 싶었네. 몬스터 준동 때 부상자 몇 명을 제외하고 어떤 피해도 입지 않았다지? 자네 같이 전술도 잘 쓰면서 동시에 마나의 축복을 받은 이는 정말 드문 일이지."

세기어 국왕은 기본적인 전술은 알아도 이를 제대로 활용하지는 못한다. 머리보다 몸이 먼저 나가기 때문에 전술을 깡그리 무시한 적이 한두 번이 아니기 때문이다. 그럼에도 그가 군주의 자리에 앉고 나라를 세울 수 있었던 것은 그의 충성스러운 신하들과 전략가들이 있었기 때문이다.

"과찬이십니다. 저 혼자였더라면 결코 해내지 못했을 것입니다. 용맹한 병사들이 만들어 낸 결과이지요."

결코 자만하지 않고 그 공을 병사들에게 돌리는 아루스. 세기어 국왕은 그 모습에 미소를 지었다.

"그래, 루가스 백작도 오랜만에 보는군. 반년 만인가?"

"정확히 1년하고 2개월 정도 되었습니다, 국왕 전하."

"벌써 그렇게 되었는가? 하하하! 신경 써야 할 일이 많다 보니 세월이 지나가는 것도 모르겠군. 오는데 불편함은 없었는가? 도적이나 야만족을 만나지는 않았는가?"

"국왕 전하의 배려로 전혀 불편함이 없었으며, 도적이나 야만족은 머리카락 한 올도 찾아볼 수 없었습니다."

"그런가? 그렇다면 다행이로군."

세기어 국왕이 흡족한 미소를 지으며 곧 이바나에게 시선을 향했다.

"그리고 자네가…… 이바나 디 엘로이인가?"

"그렇사옵니다, 국왕 전하."

"자네에 대한 이야기를 많이 들었네. 세기어 왕국은 그대와 같은 자를 언제나 환영하는 바이네."

세기어 국왕이 가리키는 것은 연금술사였다. 마도구를 만드는 데 집중하고 있는 이바나. 연금술사를 오히려 등용하고 치켜세워 주는 국가가 바로 세기어 왕국. 이바나와 같은 사람을 싫어할 리 없었다. 이바나의 얼굴에 미소가 피어올랐다.

세기어 국왕이 왕좌에서 일어나 양팔을 벌렸다.

"다시 한 번 바올라 제국의 사절단을 환영하는 바이네. 세기어 왕국과 바올라 제국에 설원의 축복이 함께 하기를."

"바올라 제국과 세기어 왕국에 알테미아 님의 축복이 함께 하기를."

서로의 국가가 믿는 종교의 최고의 축복을 해 주며 알현을 마쳤다.

* * *

아루스와 루가스 백작은 좀 더 남아서 세기어 국왕과 면담을 갖기로 했다. 레딘은 아루스의 옆을 지키는 호위로 왔기 때문에 면담을 갖는 내내 아루스에게서 떨어질 수 없었다.

이바나는 방으로 돌아왔다. 방으로 돌아온 그녀는 발렌이 자신이 배정받은 방에 이제 막 다 짐을 옮긴 것을 볼 수 있었다.

그는 헉헉거리며 그녀를 맞이해 주었다.

"아직도 짐을 옮기고 있었어? 좀 많았지? 고생했어."

"이바나 씨. 이사 오셨어요?"

발렌이 살짝 불평이 섞인 듯 말하자 이바나가 피식 웃었다. 그녀는 다시 한 번 고맙다며 발렌을 격려해 주고 곧 테이블에 있는 두 개의 의자 중 하나를 끌어 앉았다.

"거기 의자에 앉아. 힘들었을 텐데 차라도 내와 달라고 부탁할까?"

"그러면 감사하죠."

세기어 국왕은 각 사절단들에게 시종을 한 명씩 붙여 주었다.

수행인은 이곳에 익숙한 자들이 아니기에 왕성 내에서 실질적으로 도움을 줄 수 있는 자를 붙여 준 것이다.

발렌이 자리에 앉자, 이바나는 출입문 밖에서 대기하고 있던 시종을 불러 다과를 부탁했다. 시종은 미리 준비라도 한 것처럼 얼마 지나지 않아 다과를 내왔다.

그런데 다과라고 해야 할까…… 차와 함께 내온 과자는 아무리 봐도 생소한 것이었다. 동그랗고, 모양이 상당히 괴상했다. 뭔지 몰라 이바나도 고개를 갸웃거리며 바라본다. 발렌이 먼저 냄새를 맡아 보았다.

"이거 육포 비슷한 냄새가 나지 않아요?"

"그러게."

발렌이 시범적으로 한 번 먹어 보았다. 맛을 보니 확실히 육포가 맞았다. 그런데 각종 향신료가 첨가되었는지 향이 강하게 느껴졌다.

"어때?"

이바나가 맛이 궁금하다는 듯 그에게 묻는다. 발렌은 솔직하게 말해 주었다.

"맛있네요."

"그래?"

그의 말에 걱정이 싹 날아간 이바나도 한 입에 육포를 입에 넣는다. 그녀도 맛이 마음에 들었던 듯 꼭꼭 씹으며 맛을 음미했다.

"확실히 맛있는데 차와 함께 먹기에는 다소 무리가 있어 보이는 조합인 것 같아."

이바나는 그리 평가했다. 육포에 굳이 기름칠까지 한 것을 보고 놀라워했다. 옆에 차를 따라 주던 시종이 이를 설명해 주었다.

"세기어 왕국에서는 차와 함께 육포닷을 먹습니다. 몸을 따뜻하게 하기 위해 기름진 음식과 따뜻한 차를 마시지요. 북부에서는 야만족도, 세기어 왕국민들도 이렇게 다과를 즐깁니다."

문화의 차이가 확실히 심했다. 거리상 20일거리도 되지 않는데, 이렇게 문화 차이가 심하구나 싶었다. 그래도 아주 맛없던 것은 아닌 터라 만족하며 이번에는 차로 시선을 돌렸다.

차의 색깔이 보랏빛을 띠었다. 평소 마시던 홍차와 달라 둘 다 어리둥절해하며 차를 바라본다.

"알벤드를 달여 만든 차입니다."

"알벤드?"

이바나가 그게 뭐냐는 듯 발렌을 바라본다. 발렌도 그런 이름을 처음 들었기에 잘 모르겠다는 듯 어깨를 으쓱인다.

"북부에서만 자생하는 나물로, 추위에도 강하며 몸을 따뜻하게 해 주며 약재로도 쓰이는 것입니다. 몸에 활력을 주고, 속설로는 남자에게 매우 좋다고 합니다."

남자에게 좋다는 말이 무슨 뜻인지는 단번에 이해한 이바나. 그녀가 피식 웃으며 발렌에게 말을 걸었다.

"발렌. 너에게는 필요 없겠네."

"이바나 씨. 너무 절 무시하시는 것 아닌가요? 상처가 됩니다만. 당장 쓸 일 없다는 건 동의하지만, 그래도 속설이라고 하지 않습니까. 아직 정확한 효능이 아닌 거죠."

발렌도 말 한 마디 지지 않고 대답하며 곧 차를 마셔 보았다.

'쓰네.'

바올라 제국에서는 홍차를 달달하게 끓여 마신다면, 이곳은 차를 쓰게 마셨다. 방금 시종이 말한 육포단은 이 차의 쓴맛을 없애 주기 위한 것이었던 것임을 단번에 눈치챌 수 있었다.

누가 먼저라고 할 것 없이 육포단을 집어 들어 입에 넣는 둘. 육포단을 먹으니 입에 남아 있던 쓴 맛이 사라지고, 맥주의 끝 맛처럼 알싸한 맛이 남았다.

"혹 부족하시다면 더 내오겠습니다. 절 부르실 때 이 종을 울리면 됩니다. 필요하시면 언제든 불러 주십시오."

시종이 테이블 위에 종을 내려놓고 밖으로 나간다. 발렌은 시종이 나가자 다시금 테이블 위에 놓인 차와 육포단을 바라보았다.

"차를 마시는 것부터 문화의 차이가 있을 줄 몰랐네요."

"그러게. 그러고 보니 세기어 왕국에서 보내 준 책에서 육포단이나 알벤드 차를 내왔다는 말도 있었지?"

그때는 그게 뭔지 모르지만 세기어 왕국에서 마시는 홍차의 일종이라고 생각했을 뿐, 별 생각이 없었다. 그러나 이렇게 직접 하나하나 겪어 보니 자신들이 생각한 것과 확연히 차이가 난다는 것을 느꼈다.

아직 세기어 왕국에서 배워야 할 것이 많다는 생각이 들었다. 체류 기간은 3주 정도. 길다면 길고, 짧다면 짧은 기간 동안 왕성에 머물러야 했다.

"그런데 이바나 씨. 드워프 마을에 대해 물어보신 적 있으세요?"

"아니, 물어보지는 못했어. 황자 전하나 루가스 백작님께 한 번 물어본 후에 허락을 구해야지. 그다음에는 황자 전하께서 세기어 국왕 전하께 방문 허락을 받아야 할 테고."

사절단이라고 하더라도 어디를 방문하는 것이 매우 까다롭다는 것을 이해한 발렌. 확실히 남의 나라이니 만큼 함부로 행동할 수 없는 것도 사실이다. 그들이 모를 위험이 도사리고 있을지도 모르니까.

세기어 왕국 입장에서는 사절단의 부주의로 인해 사고가 일어나도 책임을 져야 한다. 그렇기에 함부로 움직일 수 없었다. 모든 것은 허락이 필요하고, 어느 정도 통제에 따라야만 했다.

"언제쯤 허락을 맡으실 건데요?"

"당장 안 되는 건 사실이야. 일주일 후가 세기어 왕국의 건국 기념일이라고 하더라고. 내가 봤을 때는 건국 기념일 후에 가능할 것 같아."

세기어 왕국의 건국 기념일이 얼마 남지 않았다는 것에 발렌이 입을 벌렸다.

현 국왕이 건국한 이 나라의 건국 기념일. 꽤나 성대하게 열리지 않을까 그런 생각을 해 보았다.

"황제 폐하께서 아루스 황자 전하를 이런 시기에 보낸 것은 아마 친교와 관련해서 많은 영향을 끼치기 때문이겠지."

세기어 왕국의 건국 기념일이라…… 그것까지는 전혀 예상하지 못했지만, 바올라 제국처럼 큰 축제가 열리는 것일까 생각을 해 보았다.

하지만 그러한 규모의 축제가 열릴까란 의문도 든다. 눈이 오지는 않지만, 꽤 많은 눈이 아직도 쌓여 있고, 날씨도 춥다.

이 나라 사람들은 춥지 않게 느낄지 모르지만, 오래 활동하기에 좋은 날씨는 아니었다.

"참고로 건국 기념일에 그런 대규모 축제를 여는 건 바올라 제국밖에 없으니까 너무 들뜨지 말고. 그래도 내가 알기로는 작게나마 축제가 벌어지기는 한다니까 허락을 맡고 밖에 나가서 구경해 보는 것도 나쁘지는 않겠지."

바올라 제국은 자국에 대한 자부심이 강하고, 부유하기에 타국에서 절대 엄두도 못 낼 규모의 축제를 벌인다. 엄청난 규모로 진행되면서도 국고에 환수되는 돈이 꽤 된다는 모양이다.

그만큼 자금이 많이 오가다 보니 대축제가 일어나는 걸 오히려 반기는 수준.

물론 타국에서는 당연히 엄두도 못 내고, 함부로 시도하지 못할 일인 건 확실했다. 바올라 제국이기에 가능한 것이다.

"연회는 하루뿐이지만 그때는 전부 참석해야 돼. 그 이후의 일정으로 귀족들과의 만남이 정해져 있어."

발렌은 이바나가 상당히 격앙되어 있다는 것을 느낄 수 있었다. 그녀는 한 명의 소녀가 짝사랑하는 소년을 애타게 기다리는 것 같은 표정을 짓고 있었다. 꽤나 기대하는 뭔가가 있다는 것을 눈치챈 발렌. 이바나가 기도를 올리는 신도처럼 손을 가지런히 모았다.

'혹시 이바나 씨…… 세기어 왕국에 짝사랑하는 사람이라도 있나?'

천하의 이바나가? 그러나 그녀의 얼굴은 정말 짝사랑하는 소녀의 것이었다. 이바나가 무심해 보여도 인간이니 만큼 누군가에게 호감을 품는 것은 이상하지 않을지도 모른다.

그것이 바올라 제국의 사람도 아니고 세기어 왕국의 사람이라는 것이 상당히 의아하지만 발렌은 그녀를 응원해 주기로 했다.

타국으로 시집, 장가를 간 귀족들이야 많지 않던가. 신기한 일은 아니라고 생각했다.

"이바나 씨. 잘 되길 빌게요."

"그래."

"설령 세기어 왕국의 남자라도 이바나 씨께서 좋아하는 사람이라면 분명 좋은 사람이겠죠."

"갑자기 무슨 헛소리야?"

이바나는 이해하지 못하겠다는 듯 바라보았다. 발렌은 자신이 잘못 짚었다는 것을 깨달을 수 있었다.

'내가 정말 잘못 짚었나? 하지만 이바나 씨가 지은 표정은 영락없이 누군가를 짝사랑하는 소녀처럼 보였는데?'

"무슨 오해를 하고 있던 거야?"

"아뇨, 이바나 씨께서 누군가를 짝사랑하고 있는 것 같은 표정이어서 세기어 왕국의 누군가와 잘 되기를 빌어 주었는데요."

이바나는 그의 말을 듣고 잠시 멍하니 있더니 곧 박장대소했다.

"호호호! 네가 보기에 내가 누군가를 짝사랑할 만한 사람이니?"

"그래서 처음에 그 생각을 했을 때 의아했었죠. 하지만 이바나 씨라고 누군가를 짝사랑하지 말라는 법은 없으니 그렇게 판단을 내렸었는데요."

그녀의 웃음소리가 더욱 커진다. 망상이 너무 지나치다며 발렌을 놀리는 것도 잊지 않는 그녀. 너무 웃어서 눈물이 나고, 배가 아파오고 있었다.

이바나가 간신히 웃음을 진정시키며 눈가에 맺혔던 눈물을 닦아 냈다.

"이 나라의 귀족들 중 연금술사들이 많아. 그건 알고 있지?"

"그건 몰랐는데요. 연금술사를 오히려 등용하는 나라니 귀족들 중에 있다고 해도 놀랄 일은 아니겠네요. 근데 그게 왜요?"

"그들에게 내가 만든 마도구를 직접 보여 주고 평가 받을 수 있다는 것이 얼마나 황홀한 순간인지 넌 모를 거야!"

"……"

"그들이 얼마나 뛰어난 연금술사인데. 이번에 세기어 왕국에 온 건 내게 둘도 없는 기회야! 짧지만 그들에게 약간의 조언을 받는다면 분명 내 연금술과 마도구 개발에 크게 나아갈 수 있을 거야! 내 부족함이 무엇인지 꼬집어 주면 더할 나위 없이 좋고!"

짝사랑이 아니라 자신의 일에 대한 사랑이었다. 자신의

일에 얼마나 열중하고, 애착과 자부심이 얼마나 대단한지 방금 전 말에서 다시금 느낄 수 있었다.

발렌은 자신이 한참 잘못 짚었다는 것에 자신도 황당했던 듯 피식 웃으며 그녀를 응원해 주었다.

"잘 되길 빌어요. 분명 이바나 씨의 마도구는 인정받을 수 있겠죠. 이바나 씨의 마도구는 분명 뛰어나니까요."

"돌팔이 마법사에게 그런 얘기 들어도 별로 설득력이 없지만 기분만큼은 좋네."

"그 돌팔이 마법사란 소리 그만 하시면 안 되나요? 그래도 기사 한 명과 대결해서 압도적으로 이겼는데."

이바나가 말없이 그저 싱긋 웃었다. 정정할 생각이 전혀 없지만 장난이었다는 것을 알고 발렌은 피식 웃으며 의자에 등을 기댔다.

그들은 한동안 알벤드 차와 육포단을 음미하며 대화를 나눴다.

*   *   *

알현을 마치고 쥬디아와 아루스가 개인적으로 만나게 되었다. 쥬디아가 직접 누군가를 부르는 것은 정말 드문 일인 터라 모든 시종들이 놀랐다.

아루스는 쥬디아와 만나기로 한 식물원으로 향했다. 도착하니 꽃의 향기와 따뜻한 열기가 느껴졌다. 두꺼운 외투를 벗어야 할 정도였다.

"공주님께서 안에서 기다리고 계십니다. 외투는 제게 맡기시면 돌아가실 때 돌려드리겠습니다."

입구 쪽에 서 있던 두 명의 하녀들이 고개를 숙인 채 그리 말했다. 아루스가 외투를 벗어 그녀에게 건네주었다. 아루스가 그녀의 어깨를 툭툭 건드리며 격려하자, 하녀가 깜짝 놀라며 자신도 모르게 고개를 들었다.

그 반응을 보고 아루스가 아차 싶었다. 황성에서 늘 이렇게 했기에 버릇처럼 나온 행동이다. 황성에서도 처음 일하는 하녀들이 아루스의 행동에 깜짝깜짝 놀라고는 한다. 그러나 이곳은 황성이 아닌 세기어 왕국의 왕성. 경솔한 행동을 하지 말아야 할 곳이다. 그가 미안하다는 듯 바라보았다.

"미안하구나. 황성에서 늘 이렇게 격려하다 보니 그만 그 버릇이 튀어나왔구나."

"아닙니다. 괜찮습니다."

하녀들이 다시금 고개를 숙였다. 높은 사람들에게 타국의 사람들이니 문화가 달라 당황할 수 있는 일이 있을 테니 최대한 이해하고 노력하라는 말을 들었기 때문이다. 그녀들이 납득한 것을 알아본 아루스가 안심하며 레딘을 불렀다.

"레딘."

"예, 황자 전하."

"쥬디아 공주와 만나고 올 터이니 넌 잠시 대기하고 있거라. 네가 놀란 레이디들을 조금 진정시켜 주었으면 하구나."

"명을 받들겠습니다."

아루스는 믿겠다는 듯 고개를 한 번 주억이며 식물원 안으로 들어갔다. 얼마 들어가지 않아 곧 쥬디아 공주와 그녀의 곁을 지키는 시녀를 볼 수 있었다. 쥬디아가 아루스를 보고 자리에서 일어서며 치맛자락을 붙잡고 무릎을 살짝 굽히며 인사했다.

"어서 오세요, 황자 전하."

"만나 뵙게 되어 영광입니다, 쥬디아 공주."

아루스도 품위 있게 인사했다. 그가 자리에 앉자 쥬디아 공주도 뒤를 이어 앉았다. 그의 곁을 지키던 시녀가 준비된 찻잔에 차를 따랐다. 알벤드 차가 아니고 홍차였다. 차가 입맛에 맞지 않을까 홍차를 준비해서 내온 것이다.

"……"

"……"

서로 말이 없다. 침묵이 길게 감돌았다. 아루스는 그녀가 먼저 말하기를 기다렸다. 하지만 쥬디아는 무슨 말을 할지 머릿속에 다 있지만, 긴장한 탓에 쉽게 말을 꺼내지 못하고 있었다.

그가 차를 한 모금 마셨다. 그렇게 맛있지는 않았다. 아무래도 알벤드 차를 즐겨 마시는 나라다 보니 홍차를 제대로 끓일 줄 모르는 것 같았다. 우려낸 홍차 잎이 찻잔에 남아 있는 것이 그 확신을 더해 주었다. 그러나 일부러 티를 내지 않았다.

홍차를 거의 반쯤 마시고도 아무 말이 없자 아루스가 먼저 말을 꺼냈다.

"쥬디아 공주도 소문으로 익히 들은 대로 정말 아름답습니다."

"예?!"

쥬디아가 깜짝 놀랐다. 그녀의 반응을 보고 아루스는 좀 의외다 싶었다. 귀족가의 영애들은 이 말을 들으면 호호 웃으며 말을 트기 마련인데, 그녀는 당황해하고 있던 것이다. 참으로 신선한 반응이다.

이건 문화의 차이라고 보기보다는 사람의 성향에 따른 반응에 가까웠다. 그녀가 당황해하는 모습을 보니 참 귀엽구나 싶었다.

"저, 전 엘리즈 황녀님에 비하면 별것 아닌 걸요."

"누가 그런 말을 합니까?"

"모, 모든 사람들이 그렇게 말합니다."

대륙에서 가장 아름답다고 정평이 나 있는 사람이라면 바로 엘리즈. 쥬디아도 항상 그것을 들어 왔기에 이를 의식하고 있는 것 같았다.

엘리즈 황녀가 최고 미인이며, 자신이 그 다음이라는 것을. 아루스도 각국의 사신들을 만나면서 들어온 것이기도 했다.

항상 엘리즈 황녀의 뒤에 있다는 얘기를 들었다. 그러나 정작 아루스는 별로 깊게 생각하지 않았다. 이유를 들자면 당연히 남매이기 때문이다.

"제가 보기에는 쥬디아 공주님이 훨씬 더 아름다운 분이십니다."

엘리즈가 미인이라는 것은 인정하지만, 남들이 보는 만큼의 미모로 생각하지 않는 것이다. 어릴 적부터 봐 왔던 것이 가장 컸다. 그에게 엘리즈는 우애 깊은 남매이자, 귀여운 누이동생일 뿐이다.

"그, 그렇습니까?"

쥬디아의 얼굴이 홍시처럼 새빨갛게 물들었다. 한 나라의 공주님이 순박하게 느껴지다니. 부끄러움을 잘 타는 모습을 보니 상당히 신선하게 느껴졌다. 그래도 그 덕분에 어색함은 사라졌는지 그녀가 배시시 웃었다.

"황자 전하를 제가 직접 찾아뵈었어야 했는데, 죄송합니다. 제가 병약하여 오래 걷지 못하는 터라……."

쥬디아 공주가 병약하다는 것도 알고 있는 사실이다. 오랫동안 고질병이 있는 그녀는 오랫동안 어디를 돌아다니지 못하는 것으로 알고 있었다.

"감히라니요. 타국에 사절단으로 온 입장이니 응당 제가 가는 일이 맞지 않습니까. 또한 레이디가 부르는데 감히 이를 거절할 기사는 없으니 개의치 마십시오."

"그리 말씀해 주시니 감사합니다."

"참, 그리고 레이디를 위해 준비한 선물이 있습니다."

"선물이요?"

아루스가 빙긋 미소를 지으며 품에서 뭔가를 꺼낸다. 종이에 잘 말린 동그란 무언가와 약재들이었다.

"동역에서 구한 약과 약재들입니다. 냄새가 고약하고, 상당히 씁니다. 하지만 효과만큼은 확실하지요. 몸에 활력을 불어넣어 주고 기력을 채워 줍니다. 이 동그랗게 생긴 약은 환단이라고 하는데, 동역에서는 죽은 사람도 일어나게 만드는 만병통치약으로 알려져 있습니다."

물론 죽은 사람도 일어나게 만든다는 말은 심히 과장스

러운 말이지만, 그래도 그만큼 효과가 좋다는 말이었다. 실제로 바올라 황실에서도 이 환단이라 불리는 약재를 먹고 기력을 되찾아 장수한 사람이 있었다.

"이런 귀한 것을……."

딱 봐도 쉽게 구하기 어렵고, 꽤 고가의 약재일 것이라 예상했다. 그런 약을 자신에게 준다니. 어찌 고맙지 않을 수 있을까. 쥬디아가 감동했다는 듯 눈가에 살짝 눈물을 보였다.

"감사는 제가 아닌 황제 폐하와 제 누이동생에게 하십시오. 황제 폐하께서 레이디께서 잔병치레가 잦다는 소식을 접하시고 기꺼이 환단을 건네셨고, 누이동생은 약재 구입에 자금을 보태 주었습니다."

"누이동생이라 하면 엘리즈 황녀님이신가요?"

"예, 맞습니다."

"정말 소문대로 엘리즈 황녀님께서는 마음이 고우신 분이시군요."

얼굴도 모르는 타국의 공주를 위해 돈까지 보태 주다니. 쉽게 할 수 있는 일은 아닌 터라 감사할 수밖에 없었다.

"황자 전하. 제 청을 들어주실 수 있으신지요?"

"물론입니다."

"귀국하시면 황제 폐하와 엘리즈 황녀님께 이 말을 전

해 주세요. 제가 건강해지고, 바올라 제국에 가게 된다면 제가 직접 찾아뵈어 인사드리겠다고. 정말 감사드린다고."

"예, 반드시 전해 드리겠습니다."

아루스가 빙긋 웃었다.

* * *

세기어 왕국 건국 기념일이 되었다. 연회가 시작되고, 세기어 왕국의 귀족들이 당일에 모였다. 성 밖의 축제는 이틀 간 진행된다.

국왕의 축사가 간단하게 시작되고, 뒤이어 춤과 연주가 시작된다.

바올라 제국과 조금 다른 면이 있다면, 와인을 잘 안 마신다는 것이다. 와인도 어느 정도 있지만, 세기어 왕국의 귀족들은 럼주나 위스키를 즐겨 마셨다. 그리고 세기어 왕국에서 과일은 찾아볼 수 없었다. 너무 춥고, 땅이 척박해서 과일이 잘 자라지 않는 것이다.

며칠 전에 안 것인데, 세기어 왕국의 주식은 빵이 아니라 감자였다. 척박한 땅에서도 잘 자라는 감자를 주로 재배한다고 한다. 그래서 연회 때도 빵보다 감자로 된 요리가 상당히 많았다.

소피 아주머니가 열심히 개발하려던 다양한 방식의 감자 요리를 이쪽에서 많이 볼 수 있었다. 다른 점이라고 한다면, 소피 아주머니가 만드는 감자 요리는 맛없지만, 이곳의 감자 요리는 맛있다는 것이다.

세기어 왕국은 대륙 북부에 있는 만큼 매일 추운 날씨이다. 3개월의 여름은 포근하다고는 하는데, 바올라 제국 사람이 느끼기에 매우 쌀쌀한 정도라고 한다.

아무래도 추위가 맹위를 떨치는 지역이라 모든 가정집들은 방을 따뜻하게 만들기 위해 갖은 노력을 다하고 있었다.

특히 왕성에 들어섰을 때 복도가 따뜻한 것은 다 이유가 있었다. 바로 연금술사로 하여금 항시 열기가 나오는 마도구를 개발하게 하여, 대량 제작 후 왕성 바닥 곳곳에 끼워 따뜻하게 만든 것이다. 그 위에 카펫을 깔아 가린 것을 보니 미적인 면도 신경 쓴 듯했다. 그 덕분에 굳이 난로가 없어도 따뜻하게 지낼 수 있는 것이다.

그리고 감자를 재배할 때도 이를 이용한다. 한 공간을 따뜻하게 만들어 감자를 재배하는 것이다.

제아무리 추운 겨울이라도 뭔가를 재배할 수 있다는 것에, 이번에 사절로 처음 온 모든 이들이 놀랐다.

마정석이 많이 매장되어 있는 나라인 만큼 싼 값에 전부 구입하고, 이를 만들 수 있었다. 게다가 라이트 스톤이 수도 전체를 비춰 야경도 장관을 뽐냈다. 세인브리트에 비하면 규모나 건축물의 숫자에서 부족한 것은 사실이지만, 하얗게 쌓인 눈들과 하늘에 보이는 오로라가 신비감을 더해 주고 있었다.

"많은 작가들이 이 광경을 보고자 했던 이유를 알겠네요."

오로라는 난생처음 보는 광경이다.

시집 혹은 소설을 보면서 간혹 세기어 왕국 쪽의 밤하늘을 언급하는 구절이 많다. 그때마다 북부의 하늘을 왜 그리도 언급했는지 궁금했는데, 이제야 알 것 같았다.

죽기 전에 꼭 한 번 봐야 할 광경이었다.

세기어 왕국의 백성들이야 드물지 않게 볼 수 있지만, 타국의 사람들은 보기 힘든 장관임에 분명하다.

이바나도 발렌과 마찬가지로 그 광경을 직접 보고 있었다. 찬바람이 몰아치고 있는데도 그 장관에 넋을 잃어 추위를 잊을 정도다.

"리즈가 이 광경을 매우 보고 싶어 했는데, 아쉽네."

발렌 못지않게 책을 좋아하는 엘리즈. 당연히 그녀도 북부의 오로라가 펼쳐진 아름다운 밤하늘을 보고 싶어 했다.

다행히 발렌은 이바나를 따라 세기어 왕국에 올 기회가 있어 오로라를 볼 수 있었지만, 그녀는 이제 마탑의 소속이므로 다른 나라에 함부로 갈 수 없다. 이바나처럼 타국의 국왕 혹은 권위 있는 귀족이 초청하지 않는 한 말이다.

"세기어 왕국은 사실주의적 예술품이 많다고 하니, 화가의 실력도 매우 뛰어나다죠? 오로라가 그려진 그림을 구입해서 보여 주는 것도 나쁘지 않을 것 같아요."

"직접 보지 못하면 그렇게라도 해 줘야지."

직접 보는 것과 그림으로 보는 것은 차이가 심하겠지만, 그래도 약간의 궁금증을 풀어 줄 수 있을 테니 그것으로 만족해야 했다.

"아 참. 그리고 기쁜 소식이 있어."

"뭔가요?"

"드워프 마을에 방문해도 좋다는 허락이 떨어졌어. 생각보다 수도에서 멀지 않은 곳에 있대. 루가스 백작님께서 말하길 반나절이면 갈 수 있다는 모양이야."

발렌의 얼굴이 환해졌다.

한 번 가보고 싶었는데, 방문해도 좋다는 허락이 떨어질 줄 몰랐기 때문이다.

"생각보다 쉽게 허락이 떨어졌네요?"

"레딘이 아루스 황자 전하께 이 말을 전해서 국왕 전하께 바로 말씀드렸다고 하더라고. 국왕 전하도 흔쾌히 승낙해 주었고 말이야. 나중에 레딘하고 황자 전하께 감사의 인사를 하도록 해."

설마 아루스가 직접 국왕에게 말했을 줄이야. 발렌은 자신이 혹시 엄청난 실례를 저지른 게 아닌가 싶었다. 이바나는 그 모습을 보고 남모르게 피식 웃었다.

사실 아루스가 그렇게까지 말해 준 것은 발렌이 엘리즈를 도운 것에 대해 조금이라도 감사를 표하고 싶었기 때문이다.

지금까지 딱히 해 준 것이 별로 없어 이것밖에 못해 준다 하여 미안하다고 전해 달라고 이바나에게 직접 말했었다.

'반응이 좀 재밌으니까. 나중에 말해 줄까?'

짓궂게도 이바나는 사실을 당장 말해 주지 않고 출발할 때 말해 줄까 말까 고민했지만, 너무 곤란해 하니 조금 미안해졌다.

"크게 걱정하지 마. 황자 전하께서 네가 리즈의 옆을 지켜 준 공을 조금이라도 보답해 주기 위해서 한 일이니까. 그래도 나중에 감사의 인사를 드려."

그제야 발렌이 안도의 한숨을 내쉬었다.

"드워프의 마을은 안내인이 잘 안내해 줄 거야. 우린 따라다니면서 구경하고, 즐기면 돼."

사절로 왔지만 여행을 온 기분이다. 꿈에 그리던 드워프의 마을에 갈 수 있다는 것에 발렌의 얼굴이 환해졌다.

Chapter 04
드워필리지

<드워프>

평균수명: 50세

키는 인간의 10~14세 사이 정도로, 매우 작지만, 손바닥과 발바닥의 크기는 성인 남성의 두 배는 가뿐히 뛰어넘는다. 자기애가 강하며 고집이 그 어떤 종족보다 세다고 한다. 힘이 매우 세며 예술가와 야장들이 많이 존재한다. 무엇이든 잘 만들기로 유명한 종족이다.

―『아이벤 대륙의 종족에 대하여』中 발췌―

*　　　*　　　*

드워필리지.

누가 봐도 드워프의 마을이라고 쉽게 연상할 수 있을 정도로 간단명료한 이름이다. 반나절 정도 걸린다고 했는데, 막상 출발하니 세 시간이 채 되지 않아 도착할 수 있었다.

듣자 하니 최근 드워필리지와 수도를 잇는 도로 덕분에 오가는 시간이 단축되었다는 모양이다. 대규모의 공사가 이루어졌다고 하는데 그 값을 톡톡히 한 것 같았다. 반나절 정도 걸린다고 말했던 루가스 백작도 놀랐을 정도니 오죽하겠는가.

루가스 백작은 드워필리지에 방문하는 것이 이번이 두 번째다. 꽤 오랫동안 세기어 왕국에 방문했지만, 드워필리지에 많이 방문하지 않았다.

"이건 마을이 아니라 도시인데요?"

드워필리지에 도착한 발렌의 첫 소감은 그것이었다. 드워필리지는 마을이라 부르지 못할 규모였다. 수많은 마차들이 이동하고, 거리에는 활기가 돋보인다. 세기어 왕국 제2의 수도라고 불릴 만한 곳이었다.

"첫 시작은 마을이었습니다. 세기어 왕국의 건국 때 지어진 이름을 아직도 사용하고 있지요."

마을에는 인간도 존재했고, 드워프도 같이 있었다. 드워프의 마을이라고 하여 드워프만 사는 게 아닌 것이다. 그래도 드워프를 실제로 길거리에서 볼 수 있다는 것이 매우 신기했다.

책에서 본 것처럼 키는 10~14세 정도. 땅에 닿을 듯 말 듯 수염이 길었다. 그리고 손과 발이 정말 컸다. 일반 성인 남성들보다 두 배가량 컸다. 인간과 같은 생김새의 다른 종족을 볼 수 있다는 것이 이렇게나 감회가 새로울 수 없었다.

"이바나 씨, 저기 봐요. 광장에 엄청 큰 동상이 세워져 있어요."

"그러게. 세인브리트의 건국 탑보다 큰 것 같은데?"

세인브리트 중앙 광장에는 바올라 제국이 건국되었을 때 세워진 탑보다 거대한 동상이 있었다.

어떻게 저렇게 큰 규모의 동상을 만들 수 있는지. 규모도 규모지만, 압도적인 위용에 대단하다는 말밖에 안 나왔다. 안내를 맡은 안내인이 그 동상에 대해 소개했다.

"저 동상은 아이벤 대륙에서 가장 큰 동상으로, 세기어 왕국 건국의 기틀을 세울 당시 큰 도움을 준 드워프 조각가 바벤트로느 님께서 만드신 동상입니다. 국왕 전하의 젊을 적 모습을 그대로 조각한 동상이지요."

이바나는 동상의 세기어 국왕을 보고 감탄을 했다. 젊을 당시 저렇게 미남이었구나 싶었다.

'그러고 보니 국왕 전하의 첩은 열 명이 넘었지?'

자세한 수는 모르지만, 꽤 되는 걸로 알고 있다. 국왕이라는 신분이 아니더라도 여성들이 알아서 올 만큼 외모가 돋보였다. 그래도 세월의 흐름에는 제아무리 마스터나 아크 위저드라고 하더라도 늙을 수밖에 없는 법이다.

"그럼 이제 돌아다녀 보실까요?"

"예."

발렌이 엄청 기대되는 듯 어린아이처럼 즐거워한다. 그 모습을 보니 자신도 모르게 미소가 지어지는 이바나. 안내인을 따라 드워필리지를 돌아다녔다.

신기한 것은 드워프와 인간이 서로 함께 눈싸움을 하고 있다는 것. 더 신기하게 느껴지는 것은 다 큰 드워프와 인간 아이들이 놀고 있다는 것이다.

드워프가 어린애들을 좋아하는 종족인가 생각하자니, 안내인이 설명해 주었다.

"드워프는 일곱 살이 되면 완전히 키가 멈추고, 그때부터 수염이 납니다. 저 드워프들은 대략 8세에서 10세 정도로 추정되는군요."

발렌과 이바나가 침묵했다. 저 얼굴에 많아 봐야 10살

정도라니. 누가 봐도 40대 정도의 외모이다.

드워필리지에 사는 사람들은 이해할 수 있을지 몰라도, 다른 지방의 세기어 왕국민이 이 광경을 보면 그들과 같은 생각을 할 것이다.

"참고로 드워프의 나이는 수염의 길이로 추정할 수 있습니다. 드워프들은 수염과 머리카락에 영혼이 깃든다는 믿음이 있어 평생 자르지 않습니다. 수염과 머리를 자르는 것은 오직 죽을 때 뿐. 육체와 영혼이 분리되고 멀리 떠나 자유롭게 여행하라는 의미를 담고 있지요. 그 믿음이 이곳에 사는 사람들에게도 전파되어 몇몇 사람들은 머리카락과 수염을 안 자르기도 합니다."

안내인의 말에 그들이 고개를 주억였다. 그러고 보니 인간들 중 장발이 많이 보였다. 드워프와 같이 어울려 지내다 보니 그 믿음이 전파된 것일지도 모른다. 잠깐의 설명을 듣고서 다시 주위를 구경하는 그들. 한참 드워필리지를 구경하던 발렌이 고개를 갸웃거렸다.

"이바나 씨. 뭔가 이상하지 않아요?"

"뭐가?"

"뭐가 이상한지 모르겠는데, 뭔가가 이상해요."

"그게 무슨 말이야."

이바나가 무슨 헛소리냐며 피식 웃었다. 그러나 그녀도

곧 발렌의 말처럼 뭔가 이상함을 느꼈다.

"정말 뭔가 이상하네? 뭐지? 뭔가가 빠진 이 기분은? 괴리감이 들어."

둘 다 팔짱을 낀 채 한동안 고민을 한다. 안내인은 그들이 자리에 멈춰 서며 생각에 빠지자 걸음을 멈추고 그 옆에서 기다려 주었다. 곧 그들은 그 이유를 알 수 있게 되었다.

"노점이 없었네요."

"아……!"

이바나도 그제야 알겠다는 듯 고개를 주억였다. 아무리 둘러봐도 노점이 일절 존재하지 않았다. 세인브리트에서는 노점이 허락된 곳이 아니더라도 불법으로 영업하는 노점을 쉽게 발견할 수 있는데, 이곳에서는 전혀 보이지 않기 때문이다.

안내인이 이에 대해 설명해 주었다.

"세기어 왕국에서는 상인들에게 피해가 가지 않게만 한다면 어디서든 노점을 열 수 있습니다."

"그게 가능해요?"

"예, 아무래도 그런 법이 없으니까요. 불법은 아닙니다만, 길거리에 물건을 내놓고 판다는 개념이 없습니다. 북부이다 보니 길거리에서 오랫동안 팔 수 없기 때문입니다.

또한 기후도 불안정할 때가 많지요."

하늘이 맑다가도 금방 구름이 끼고, 폭설이 내리고, 어떤 때는 눈보라까지 치기도 한다. 그것이 도시라고 딱히 다른 것은 아니다.

노점을 열어도 그 누구도 제지하지 않으나, 눈보라를 맞아 물품이 다 날아가거나 파손될 가능성이 있다.

아니, 그 전에 아무리 이곳 사람이라고 하더라도 장시간 밖에 외출하기에 혹한의 날씨인 것도 분명한 사실이다. 오랫동안 밖에 있으면 동상에 걸리거나 얼어 죽기 딱 좋다.

실제로 이 나라에는 거지나 부랑자가 아니더라도 불안정한 기후 때문에 얼어 죽는 자들이 매년 수백 명이나 된다고 하니 그 추위가 얼마나 지독한지 알 수 있었다. 그 때문에 굳이 그런 법이 필요하지는 않았으리라.

"물품이나 식료품을 사려면 무조건 상점에 들어가야 합니다. 이 거리가 바로 시장이라면 시장이지요."

발렌이나 이바나는 이곳 자체가 시장이라는 말에 자신들이 생각한 것이 선혀 딴판이라는 것을 확실히 느꼈다. 시장이라기보다 상점가라고 표현하는 것이 옳은 것 같았다. 식료품점, 공산품, 기념품 등을 취급하는 곳이 줄지어져 있었다.

무구점이 눈에 띄었다. 드워프가 만든 무기와 방어구를

파는 곳이다.

그 비싼 유리로 만든 창 너머로 전시된 무구들. 그 가격은 실로 어마어마했다. 평범해 보이는 롱소드조차 1골드를 훌쩍 뛰어넘었다.

아올란 마을에 있는 무구점에서는 10실버 정도에 살 수 있는 것들로 넘쳐 나는데, 무려 1골드라니. 발렌이나 이바나는 눈이 휘둥그레질 수밖에 없었다.

"상당히 구식 같아 보이지만 질은 결코 무시할 수 없지요. 실제로 국내외 귀족들이 이곳에서 무구를 사려고 예약을 많이 할 정도입니다. 그 때문에 드워필리지의 모든 공방은 항상 풀가동되고 있습니다."

드워프가 만들었다는 것 자체가 어마어마한 프리미엄이 붙기 때문에 가격이 비쌀 수밖에 없었다.

실제로 그것이 정말 질이 좋은지 어떤지는 모르지만, 검을 볼 줄 아는 사람들이 줄을 설 정도면 분명 대단한 것이겠지.

그렇게 생각하며 여러 가게에 들어가 사치품을 구경하는데, 딱히 눈길을 끄는 게 없었다.

이곳의 물가는 전체적으로 비싼 반면, 고기와 모피는 저렴하게 팔리고 있었다. 산림이 우거지다 보니 많은 야생동물들이 살기 때문이다.

몬스터의 숲처럼 많은 몬스터가 사는 숲이 있다면 북부는 야생동물의 천국이었다.

"흠…… 기대했는데, 딱히 눈길을 끄는 사치품이 없네."

타국이기에 뭔가 새로운 것이 있지 않을까 싶었는데, 눈길을 끄는 게 하나도 없었다.

사치품들이 넘쳐 나는 세인브리트이니 이바나의 눈길을 잘 끌지 않는 것도 사실이다. 차라리 세기어 왕국보다 세인브리트에서 사는 게 가격도 저렴하고, 질도 좋을 것 같았다.

그래도 세기어 왕국만의 특별한 뭔가가 있지 않을까 하는 마음에 계속해서 가게들을 둘러보는 와중, 발렌이 어느 가게에서 발길을 멈췄다.

그가 발길을 멈춘 곳은 그림 가게였다. 유리창 너머로 수많은 그림들이 전시되어 발렌의 발길을 멈추게 했다.

"뭐야, 그림이네? 그런데…… 이거 정말 그림 맞아?"

이바나가 옆에서 같이 구경하며 놀라운 감정을 숨기지 않았다. 분명 물감으로 색을 칠한 그림이 맞을 텐데, 마치 그 장면을 그대로 고정시켜 화폭에 옮긴 듯했다. 감탄이 절로 나왔다.

"일단 들어가 볼까요?"

"그래."

발렌이 앞장서서 안으로 들어가고, 이바나와 안내인이 뒤를 따라온다. 그림 가게의 주인이 뭔가를 보고 있다가 힐끗 이쪽을 바라보더니 다시 하던 일에 집중한다. 보아하니 책을 읽고 있는 것 같은데, 손님이 아무도 없고 심심해서 시간을 보내기 위한 일인 것 같았다.

"그림을 팔려고 온 거야, 사려고 온 거야? 어느 쪽인지 얼른 말해."

'불친절해 보이는 걸?'

손님이든 그림을 파는 사람이든 전혀 신경 쓰는 기색이 보이지 않았다. 이 가게에 괜히 들어왔나 싶다.

"그림을 사려고 왔는데요."

"그래? 어떤 그림을 원하는데?"

"좀 둘러봐도 되나요?"

"좋을 대로."

가게 주인 드워프는 다시금 책에 시선을 고정시켰다. 발렌은 주위를 둘러보며 그림을 바라보았다. 사실주의적인 그림들이 대다수다. 산림에 내린 눈을 그린 그림, 눈이 한창 내린 후 맑게 갠 하늘 등등. 풍경을 그대로 옮겨 놓은 듯한 그림들이 많았다. 그럼에도 가격이 썩 비싼 편은 아니었다.

"이런 엄청난 그림이면 엄청난 고가일 것이라 생각했는데, 5실버도 안 되네요?"

"세기어 왕국은 사실주의적 그림이 일상화되어 넘치고 넘치는 게 이러한 그림들입니다. 때문에 그림의 가격이 매우 싼 편이지요."

이 나라의 화가들은 엄청 힘들게 살겠구나 생각했다. 고생은 고생대로 하고, 돈은 적게 받으니 말이다. 그래도 싼 값에 매입할 수 있다는 것은 소비자의 입장으로서 좋았다.

그는 그림을 둘러보다가 한 그림에 시선이 꽂혔다. 밤하늘에 떠 있는 오로라를 그린 그림이었다. 가격도 저렴하고, 오로라를 보고 싶어 한 엘리즈를 위한 선물로 딱 좋아 보였다.

"이걸로 주세요."

아주 만족스러운 그림. 가게 주인 드워프가 3실버를 요구했다. 생각보다 비쌌지만, 그래도 그림이 워낙 잘 그렸다 보니 싸게 사는 기분이었다. 발렌이 돈주머니를 확인했다. 2실버밖에 없었다.

"저…… 혹시 죄송한데……."

"1실링도 안 깎아 줄 테니까 그런 줄 알라고."

"……."

흥정은 절대 없다는 듯 단호한 가게 주인 드워프. 옆에서 지켜보던 이바나가 2실버를 꺼내 발렌에게 내밀었다.

"자, 여기."

"이바나 씨?"

"리즈에게 줄 선물이잖아. 같이 선물을 준다고 생각하자고."

"그래도 1실버만 주시면 되는데……."

"어차피 소지한 돈도 적잖아. 나중에 급히 쓸 일이 있을 때를 대비해서 1실버는 비상금으로 남겨둬."

이바나는 억지로 발렌에게 2실버를 건네주었다. 발렌이 감사하다고 하며 제 값을 치르고 구입했다.

가게 주인 드워프는 그림이 훼손되지 않게 잘 포장해 주었다. 대충 포장하는 것 같은데, 그 손놀림이 예사롭지 않았다.

우악스러운 손으로 순식간에 포장을 한 가게 주인 드워프가 그림을 발렌에게 건넸다.

엘리즈를 위해 산 선물이 마음에 들어 발렌의 얼굴에 미소가 떠나가질 않았다. 그림을 사고 밖으로 나온 그들은 곧 불어닥치는 바람에 온몸을 떨어야 했다.

가게 안에서는 추위를 못 느꼈는데, 다시 나오니 역시 매서운 혹한의 바람이 그들을 괴롭혔다. 다만 안내인은 아무렇지 않게 그들에게 물었다.

"더 구경하실 곳이 있으십니까?"

발렌은 고개를 저었다. 엘리즈의 기념품도 샀고, 중앙 광장과 동상도 구경했다. 더 구경하고 싶어도 추위 때문에 얼른 여관에 들어가고 싶은 마음이 컸다. 그러나 이바나가 손을 들었다.

"공방에 가고 싶어요."

"공방 말씀이십니까?"

다른 곳도 아니고 공방에 가겠다고 하니 안내인이나 발렌이 의아한 시선으로 그녀를 바라보았다.

"드워필리지에 마도구를 파는 공방이 존재한다는 걸 들었어요. 그리고 전에 사신으로 왔던 세기어 왕국의 사신단 중 한 명이 그곳의 관리인이라고 들었거든요. 거길 구경해 보고 싶네요."

"그렇다면 안내해 드리겠습니다."

안내인이 앞장서며 걷고, 이바나와 발렌이 뒤를 따랐다.

* * *

"어서 오십시오, 미스 엘로이. 드워필리지에 오신다는 소식을 방금 전 전해들은 터라 준비한 것이 없습니다."

"괜찮습니다, 미스터 디세프. 대접을 바라고자 온 것이 아니니까요. 미스터 디세프께서 세인브리트에 왔을 때 한 번 찾아와 달라는 것이 기억나 이렇게 방문하게 되었습니다."

"그리 말씀해 주시니 감사드립니다. 미스 엘로이와 그 일행분. 이렇게 직접 찾아와 주셔서 영광입니다."

마도구 공방에 도착한 그들은 마도구 공방 관리인인 벤허 말 디세프의 환영을 받았다. 벤허는 세기어 왕국식 최대 예의를 표하며 그들을 맞이해 주었다.

벤허는 비서를 시켜 차를 내오도록 했다. 바올라 제국과 세기어 왕국의 차가 다른 까닭에 입맛을 고려해 이곳에서는 구하기 힘들 홍차를 내왔다.

"방을 덥히는 그 마도구에 대해 알고 싶습니다. 하녀나 시종들에게 물었더니 설명해 주는 사람이 없더군요."

"하하하! 그것도 무리가 아닙니다. 이름이나 어떤 성능인지는 알려 줄 수 있을지 모르지만, 타국의 사람에게 함부로 알려 주는 것은 위험하다 생각했을 수도 있겠지요."

혹시 이런 것이 타국에 알려져 그쪽에서 만들 수 있으니 조심하는 것일지도 모른다.

바올라 제국은 연금술사를 천대하여 당연히 마도구의 수가 거의 없고 생활에 사용하는 경우도 거의 없다. 그 때문에 연금술사들을 적극 권장하는 이 나라의 마도구들은 엄청나게 쏟아져 나오고, 남들이 보기에 당연히 신기할 수밖에 없었다. 순수한 호기심과 궁금증을 해결하기 위해 물은 건데, 스파이 취급을 받았다고 생각하니 조금 기분이 언짢았다.

"그래도 그들을 이해해 주십시오. 야만족들이 틈만 나면 마도구를 탈취하려고 하고 있어 입조심을 하는 것이니 말입니다. 뭐, 미스 엘로이께서 말씀하신 마도구는 야만족들에게도 잘 알려진 것이라 딱히 관계는 없지만 말입니다."

그러더니 벤허가 서랍에서 마정석을 꺼내 그들에게 보여 주었다. 뭔가 인위적으로 조작한 느낌이 강한 마정석이다. 이바나가 폭발석을 만들었을 때랑 비슷한 기운이 느껴졌다.

"세기어 왕국에서는 이것을 히트 스톤이라고 부르고 있습니다. 불의 룬을 새겨 넣어 열기를 내는 마도구이지요. 불을 피우거나 난로가 없어도 방을 따뜻하게 만들어 주는 도구이며 세기어 왕국에서 없어서는 안 될 물건이지요. 망가지지 않는 이상 마나를 불어넣는다면 반영구적으로 사용할 수 있는 물건이지요."

그러고 보니 발렌도 왕성에 잠시 머물고 있을 때 마법사들이 복도를 돌아다니면서 이 돌을 만져 마나를 불어넣는 것을 본 적이 있었다. 그때는 딱히 신경 쓰지 않았지만 그런 이유가 있었다.

말로는 간단해 보이지만, 실제로 만드는 것은 다른 문제로 보였다.

발렌은 히트 스톤을 건네받으며 이리저리 살폈다. 복잡하고 체계적으로 룬 문자가 새겨 넣어져 있었다.

불을 피우게 하는 게 아니라 오직 열기만 나게 만들어야 하기 때문에 만드는 과정이 까다로울 수밖에 없을 것이다.

'이걸 가지고 가서 연구한다고 하더라도 만들려면 엄청나게 고생하겠네.'

탑주라면 금방 그 원리를 파악할지 모르지만, 만드는 과정이 결코 간단하지는 않을 것 같았다. 이런 것을 만들어 질 정도면 마법에 대한 이해와 대장간의 기술을 모두 지녀야 하기 때문이다.

이런 도구를 만들 수 있는 공방이라면 세기어 왕국이 유일할 것이다.

"정말 세기어 왕국은 효율적인 도구가 많군요. 왜 이런 걸 안 만드는 건지 의아할 정도네요."

발렌이 혼잣말처럼 그리 중얼거렸다. 그의 말을 듣고 이바나와 벤허의 시선이 집중되었다. 대화 도중 끼어들게 된 꼴이 되었다. 실례를 저질렀나 싶었다. 그러나 벤허는 그의 말에 만족스러운 얼굴이었다.

"그것이 마도구의 매력이 아니겠습니까. 타국에서는 이를 알아주지 않고, 오직 마법만을 위하고 있지만, 분명 훗날 마도구가 많은 이들로 하여금 사용될 날이 올 거라고 전 그리 믿고 있습니다."

이바나가 아닌 사람에게 마도구에 대한 칭찬을 들으니 벤허가 크게 웃었다.

"한데 옆에 계속 있으신 분의 성함을 모르는군요. 미스 엘로이와 어떤 관계이십니까?"

그제야 벤허가 발렌에 대해 물었다. 처음에는 관심도 없다가 마도구에 대한 칭찬을 하니 흥미가 생긴 것이다. 그 대답은 이바나가 대신했다.

"발렌시아라고 합니다. 세인브리트 마탑 도서관의 사서이자, 저의 임시 수행인이자 벗이며, 현재 탑주님 밑에서 수련하고 있는 마법사이기도 합니다."

"음…… 상당히 복잡하군요. 본업은 사서이자 마법사라고 보면 되겠군요. 어쨌든 미스 엘로이와 친분이 깊다는 것은 확실히 알았습니다."

"또한 센티스 가문의 후계자와 결투에서 승리한 평민이 바로 발렌시아입니다."

"아, 그때 그!"

벤허는 그제야 발렌이 누구인지 확실히 알겠다는 듯 대답했다.

연회가 끝날 때 중앙 홀에서 결투가 났었는데, 그때 벤허도 보고 있었기 때문이다.

뒤늦게나마 발렌에 대해 알게 된 벤허. 그가 자리에서 일어나 손을 내밀었다.

"반갑습니다, 발렌시아. 그 결투. 두 눈으로 잘 봤습니다. 정말 대단한 무력이시더군요."

"대단까지는 아닙니다만……."

"아뇨, 정말 대단했습니다. 처음에 굳이 검으로 싸운 것은 이겨도 의미가 없다고 생각하였기에 그런 것이고, 뒤에 마법을 사용한 것은 센티스 가문의 후계자의 도가 지나친 것에 분노를 느끼셔서 힘을 발휘하신 거지요?"

"예?"

"정말 감명 깊은 결투였습니다. 의미 없는 싸움은 고통을 감내하면서 참으시다니. 바올라 제국에서 자존심을 굽히는 것은 쉽지 않은 일이라고 들었는데 말입니다."

귀족과 평민의 관계를 제대로 이해하지 못하는 듯한 말투였다. 비록 타국의 귀족이라도 귀족의 편을 들지 않고 평민인 발렌시아를 두둔하고 있으니 말이다. 의아해하는 것은 이바나도 마찬가지다.

당시 이바나의 입장에서 발렌이 이반을 박살 낸 것은 몇 번 생각해도 속 시원한 일이지만, 몇몇 귀족들은 귀족이 평민에게 졌다는 것을 마음에 두고 있었다.

결투의 승자는 발렌이기도 하고, 뒤에 엘로이 가문과 남바른 가문, 그리고 엘리즈가 있기에 그에게 어떻게 못하는 것이지, 귀족이면 무릇 그 이유가 어찌 되었든 기분 나빠할 만한 일인 것은 확실하다.

"미스터 디세프께서는 그것을 보고 그 생각만 하셨습니까?"

"음…… 그 생각뿐이군요. 미스 엘로이는 제가 어떤 생각을 했을 것이라 생각하셨습니까?"

"기분이 나쁘다거나……."

"예? 제가 기분 나빠할 이유가 어디에 있습니까?"

오히려 벤허가 되물었다. 정말 그럴 이유가 어디 있느냐는 듯한 물음에 발렌이나 이바나는 멍하니 그를 바라보았다. 그들의 반응을 전혀 이해하지 못한 벤허는 고개를 갸웃거릴 뿐이다. 그때 안내인이 그들에게 설명을 해 주었다.

"세기어 왕국은 바올라 제국과 귀족의 개념이 다릅니다. 세기어 왕국의 귀족은 약간의 특권이 있기는 하나, 그렇다고 평민보다 권한이 세다고 할 수 없습니다."

그 말을 듣고 대충 이해할 수 있었다. 세기어 왕국은 귀족과 평민의 격차가 그리 크지 않아 생긴 일인 것이다.

몇백 년간 나라가 유지된 곳들은 귀족과 평민의 격차가 매우 크지만, 세기어 왕국은 이제 고작 30년이 조금 넘은 신생국가다. 또한 그들의 시작은 설원 부족이었으며 귀족과 평민의 개념이 아예 없는 채로 건국 되었다.

어느 정도 바올라 제국의 정치 체계를 배우기는 했을 테지만, 자신들에게 맞게 법률을 만들고 체계화했을 것이다.

'그러고 보니 세기어 왕국의 책들을 봤을 때도 평민이 귀족의 멱살을 붙잡아 내동댕이치는 장면이 꽤 있었지?'

그 장면이 꽤나 충격적이라 그 책을 봤던 발렌, 엘리즈, 이바나가 깜짝 놀랐을 정도다. 그런 구절이 있던 이유가 다 그것 때문이구나 싶었다.

바올라 제국에서 실제로 그런 일이 일어난다면 즉결 처형될 것이다. 아마 허구라고 하더라도 그 구절을 쓴 작가가 귀족 모독죄로 끌려갈 만한 일이다. 그러나 세기어 왕국은 그러한 권위가 없기에 당당히 쓸 수 있고, 귀족이라 부르는 이들도 이를 즐겨 읽는 것이다.

'알면 알수록 참 신기한 나라야.'

오늘 또다시 세기어 왕국에 대해 하나 더 배운 발렌과 이바나였다. 잠시 넋을 잃고 있던 이바나가 뭔가 생각났다는 듯 입을 열었다.

"아 참, 미스터 디세프. 실은 이곳에 찾아온 이유가 하나 더 있습니다."

"무엇이지요?"

"실은 제가 연구하고 만든 실험품을 봐 주실 수 있으신지 여쭈려고 왔습니다."

"오호, 미스 엘로이께서 직접 만든 실험품이라니. 정말 흥미롭군요. 지금 당장 봐도 되겠습니까?"

"예, 물론이죠. 문제는 짐이 전부 마차에 있다는 겁니다만……."

"제가 사람을 보내, 짐을 가지고 오도록 하겠습니다. 얼른 미스 엘로이께서 직접 만드신 마도구를 구경하고 싶군요. 또한 정말 이 나라에서 가치 있는 마도구가 있다면 거래까지 생각해 두겠습니다."

연금술사로서 인정받는 느낌에 이바나는 황홀한 표정을 지었다.

옆에서 이를 보고 있던 발렌이 표정 관리하라는 듯 그녀의 팔을 톡톡 쳤다. 그제야 이바나가 헛기침을 하며 표정을 다시 원래대로 되돌렸다.

"직접 보시고 좋게 포장해 말하지 말고 냉정히 평가해 주세요."

"미스 엘로이께서 그리 말씀하신다면 그리하겠습니다."

어떤 평가를 받을지 두려움 반, 기대 반. 이바나의 심장이 콩닥콩닥 뛰었다.

*　　*　　*

"즐거웠다!"

이바나는 벤허에게 자신이 만든 실험품을 평가받는 동안, 발렌은 마도구 공방 곳곳을 둘러보며 구경했다. 발렌은 남들이 경험하기 힘든 곳을 둘러보며 관광한 기분을 맛보며 여관으로 돌아왔다.

여관으로 돌아와 씻고 나오는데, 여관 주인이 밖에 눈보라가 몰아치니 나가지 말라고 경고해 두었다. 자국민도 눈보라에 동사하는 경우가 많아 외지인인 그에게 직접 경고해 준 것이다.

'이바나 씨가 나갈 일은 없겠지만 그래도 말해 둬야겠지.'

발렌이 이바나가 머무는 방 앞에 서서 노크를 했다. 방 안에서 그녀의 목소리가 들려왔다.

"누구세요?"

"저예요, 이바나 씨."

"들어와."

그녀의 허락이 떨어지자 발렌이 방문을 열고 방으로 들어왔다. 이바나는 편한 옷으로 갈아입은 채였다.

"이바나 씨도 주무실 때 옷은 갈아입는군요?"

"그건 무슨 뜻이야?"

"세인브리트 마탑의 마법사 로브는 방한이 되잖아요. 그래서 잘 때도 춥지 않으려고 로브를 입고 자는 줄 알았죠."

"말도 안 되는 소리나 하고."

이바나가 피식 웃고, 발렌이 잠깐 미소를 지어 준 후, 방을 둘러보았다. 안내인과 함께 머무는 발렌이 머물고 있는 방과는 다르게, 그녀의 방은 독방에, 더 넓고 쾌적한 방이었다. 타국에서 관광을 온 귀족들이 머무는 방이었다.

"제 방보다 훨씬 좋네요."

"방 구경하러 온 거야?"

"당연히 아니죠. 별 건 아니고, 밖에 눈보라가 몰아치니 외출은 하지 말고 말씀드리려고 왔어요."

"바로 맞은편 건물이 아예 보이지도 않을 정도로 눈이 쏟아지고 있는데 내가 나가겠어? 이 바람 소리와 유리창이 흔들리는 소리만 들어도 잠자다가 깨겠다. 유리가 깨지면 어쩔까 불안해서 차라리 방을 옮기고 싶을 정도야."

발렌이 어색하게 웃었다. 발렌이 머무르는 방은 유리가 아닌 나무 창문이라 바람 소리는 들릴지언정 유리가 흔들리며 부딪치는 소리는 들리지 않았다. 이바나가 손가락을 펼치며 그를 가리킨다.

"혹시라도 내가 어린애 같은 감수성이 있다는 반전이 있다고 기대하지 마. 무섭다고 네 방은 안 갈 거니까 그런 줄 알아."

"기대도 안 합니다."

그녀와 알게 된 지가 얼만데. 시끄러워서 귀에 뭔가를 틀어막고 두 발 뻗고 자면 잤지, 무섭다고 남의 방에 올 이바나가 아니다.

"뭐, 마음이 바다와 같이 넓은 나는 네가 무섭다고 베개를 들고 찾아오면 바닥에서 재워 줄 수는 있지만. 물론 그 이튿날부터 무서워서 숙녀의 방에 찾아왔다고 평생 놀릴 거지만!"

"참으로 숙녀다우신 말씀이십니다."

발렌과 이바나가 동시에 웃음을 터트렸다. 한동안 웃고 있던 그들. 이바나가 웃음을 진정시키고 다시 입을 열었다.

"혹시 눈보라가 언제쯤 멎을 거라는 말은 듣지 못했어?"

"이르면 새벽, 늦어도 정오가 되기 전에 그칠 거라고 하네요."

"이렇게 눈이 몰아치는데? 하루 이틀 몰아친다고 말해도 이상하지 않겠다."

"이 나라는 이게 일상이니까요. 기후가 불안정한 지역이니 거세게 눈이 내리다가도 언제 그랬냐는 듯 순식간에 그치는 거겠죠."

"그 때문에 새파랗던 하늘이 어느새 어둑어둑해지고 폭설이 내리기도 하는 거고."

현지인들이 그렇다고 하니 그렇게 믿는 수밖에 없지 않겠는가. 그들은 곧 말이 사라지고 창 쪽으로 시선을 향했다. 잠시 창문 밖으로 보이는 눈을 구경하며 감상에 빠져 있다가 발렌이 물었다.

"이바나 씨. 오늘 어떠셨어요?"

"굳이 물어볼 필요가 있어?"

그녀가 피식 웃었다. 그녀의 표정에서 드워필리지의 방문이 만족스러웠다. 이바나의 실험품을 본 벤허는 정말 냉정히 평가해 주었다.

좋으면 좋고, 나쁘면 나쁘다고. 때로는 칭찬을 했지만 약간의 틈이라도 있으면 그것을 꼬집어 말했다.

"정말 내 인생에서 최고의 순간이었던 것 같아."

나쁘게 평가할 때 살짝 상처를 받기도 했지만, 고위 연금술사에게 평가를 받을 수 있었다는 것 자체가 그녀에게는 크나큰 영광이었다.

바올라 제국의 연금술사들의 여건이 열악한 것에 비해 그녀가 만든 마도구는 정말 뛰어난 성취를 이뤘다는 평가를 받았다.

용도도 다양하고, 신기하다. 때로는 생각의 반전이 있어 벤허도 놀랄 정도였다.

"마도구 공방에 방문한 건 정말 최고의 선택이었어. 이로써 내 포부에 크게 다가갈 수 있게 된 것 같아."

그녀가 오늘 벤허에게 평가받은 일을 다시금 곱씹으며 황홀함에 젖었다. 탑주에게는 좋지 않은 소식일지 모르나, 개인적으로 그녀를 응원하는 발렌은 잘 된 일이라고 생각했다.

언젠가 탑주가 자신의 손녀의 일을 자랑스럽게 생각하고, 인정하게 되기를 진심으로 염원하던 때였다.

"나 아예 이대로 바올라 제국에 가지 않고 세기어 왕국에 체류할까?"

그런 엉뚱한 말에 방금 전 감성에 빠졌던 발렌이 현실로 돌아왔다.

"이바나 씨가 그렇게 하면 수행인인 제가 바올라 제국

으로 돌아가면 추궁받는 거로 안 끝나고 처벌받을 텐데요?"

"그럼 그냥 나랑 이 나라에 살자."

"누가 들으면 오해할 말 함부로 하지 마세요. 임시라지만 수행인인 이상 이바나 씨를 바올라 제국으로 어떻게든 끌고 갈 거니까요."

장난으로 말한 건 알지만, 그러자고 하면 정말 망설일 것 같아서 아예 못 박아 두는 발렌이었다.

"그런데 한창 바빠 죽겠는데 날 쏙 빼놓고 공방을 혼자 구경하다니. 수행인이 참 못됐어."

"일단 내일까지 드워필리지에 있을 테니 이바나 씨도 공방 구경하시면 되지 않나요?"

"그럴 생각이었거든? 하지만 너도 같이 따라와."

"전 이미 구경 다 했는데요?"

"한 번 본 거 두 번 보게 해 줄게. 나 몰래 공방 둘러본 벌이야. 애초에 임시라고는 해도 수행인인 이상 내가 가는 곳은 반드시 따라와야 되잖이."

"그러고 보니 그랬었죠. 이바나 씨에게 억지로 끌려다녀야 한다니. 수행인인 저는 서럽게 웁니다."

발렌이 엉엉 우는 시늉을 하자, 이바나가 그 모습을 보고 크게 웃었다.

*　　*　　*

 이튿날이 되자, 정말 거짓말처럼 하늘이 맑게 개었다. 아침 일찍 일어나니 벌써부터 도로의 눈들이 말끔히 치워져 있고, 다시금 사람들이 일을 하기 위해 길을 나서고 있었다.

 눈이 한꺼번에 쏟아진 모양인지, 어떤 건물의 지붕이 무너져 임시로 천막으로 가린 것이 눈에 들어왔다.

 "역시 눈의 나라라서 그런가, 제설도 금방금방 끝내네."

 바올라 제국의 세인브리트 마탑에서 모든 마법사들을 동원해도 하루 종일 했을 일들을 몇 시간 만에 해치운 것을 보니 기가 막힐 따름이다. 새벽부터 눈을 치웠다고 해도 굉장한 일이 아닐 수 없었다. 이 나라 사람들은 엄청 근면하구나 생각하며 따뜻한 차를 마시고 있는데, 방문이 벌컥 열렸다.

 "발렌, 아침이야!"

 "앗, 뜨거!"

 차를 마시고 있던 발렌이 깜짝 놀라 혀를 데었다. 그가 얼얼해진 혀를 진정시키며 뒤를 돌아보았다. 그곳에는 마법사 로브로 갈아입은 이바나가 있었다.

"이바나 씨. 무슨 일이세요?"

"무슨 일이긴. 공방에 가야지. 얼른 서둘러!"

"안내인님은 지금 씻고 있는데요. 전 아직 안 씻었고요."

발렌이 자신의 머리카락을 가리켰다. 살짝 뻗친 머리는 아직 씻지 않았다는 것을 증명해 주고 있었다.

"그런데 벌써 공방에 가려고요? 일어난 지 10분도 안 지났는데요? 그리고 아직 아침인데요?"

"벌써 아침이지!"

한시도 기다릴 수 없다는 듯 그녀가 발을 동동 굴렀다. 어린애 같은 모습에 절로 미소가 피어오르려는 것을 참고, 발렌이 차를 마셔 목을 축였다.

"가는 것까지는 좋은데, 정오에 가기로 하죠."

"왜?"

"아침 일찍부터 가면 디세프 님께 실례가 될 수 있으니까요. 거기도 업무와 돌아가는 일정이 있을 텐데 우리가 아침 댓바람부터 가면 무척 실례될 거 아니에요."

"그, 그렇기는 한데……."

그래도 기다리기 힘들다는 듯 보인다. 어제 구경을 같이 했으면 이렇게까지 어린애처럼은 굴지 않았을 텐데…… 발렌은 한숨을 내쉬었다.

"좋아요, 가죠."

"그래, 그렇게 나와야지!"

"그래도 아침에 가겠다고 디세프 님께 미리 알렸죠? 설마 명예로운 귀족 가문의 이바나 디 엘로이 님께서 자신만 생각해서 남에게 실례되는 행동을 하려는 건 아니죠?"

"윽!"

이바나가 움찔했다. 역시나 어제 제대로 보지 못한 공방을 둘러보기 위해 잔뜩 흥분해 거기까지 생각하지 못한 것 같았다.

"바올라 제국도 아니고, 타국에서 그런 결례를 하다가는 바올라 제국의 이미지가 나빠질 텐데 설마요. 이바나 씨가 아무리 철부…… 아니, 공방을 둘러볼 생각에 잔뜩 흥분했다고 해도 즉흥적으로 정하지는 않았을 것이라 믿어요."

"알았어. 그럼 정오에 가자."

여러모로 찔리는 말을 하니 이바나도 순순히 그의 의견에 승낙했다. 발렌은 약간의 승리감을 느꼈다.

"그런데 너 말이야. 세인브리트 마탑에 들어오기 전 우리 집에 살던 시녀가 날 대할 때 하던 것과 똑같이 하더라?"

그 시녀를 만난 적도 없고, 본 적도 없고, 들은 적도 없는 발렌은 어깨를 으쓱일 뿐이다.

"그런데 아까 중간에 하다 만 말 중에서 철부…… 뭐? 내가 철부지 같다고?"

이바나의 시선이 따갑다. 그러나 발렌은 그런 말 한 적 없다는 듯 뻔뻔한 표정을 지으며 시선을 회피했다.

*　　*　　*

이바나가 기다리던 정오가 되어 공방에 간 그들은 구경을 마치고 공방 밖으로 나올 수 있었다. 그녀는 공방이 돌아가는 것을 직접 보고 감탄했다.

"굉장한 규모였네. 이런 대규모의 공방을 돌리고 있을 줄은 상상도 못했어."

세기어 왕국에서 드워필리지의 마도구 공방은 없어서는 안 될 곳이다. 무기의 절반 이상이 이 공방에서 나오고, 실생활에서 사용되는 마도구들 대부분이 만들어지기 때문이다.

바올라 제국에도 공방은 있다. 바올라 제국에서 가장 큰 공방이 남바른 공작령에 있지만 이렇게 큰 규모의 공방은 아니다.

마도구 공방은 아무래도 마법사들과 연금술사가 근무하

고, 마도구를 만드는 것도 포함하기에 규모가 다른 나라들에 비해 클 수밖에 없었다.

"어제 봤지만 다시 봐도 정말 대단한 곳이라는 것만큼은 확실하네요."

그런 감상에 빠지며 밖으로 나가는데, 공방의 입구가 매우 소란스러웠다. 그곳에는 공방으로 들어가는 정문 밖에서 경비병에게 막혀 고래고래 소리 지르는 드워프가 있었다.

"이거 놔!"

"안 됩니다. 가 주시기 바랍니다!"

"너희들 내가 누군지 알고 이러는 거냐! 얼른 비켜!"

인간 장정 둘이 드워프에게 무기를 내밀지 못하고 몸으로 붙잡으며 제지하고 있었다. 신기한 것은 그 드워프가 어찌나 힘이 센지, 장정 둘이 달라붙어도 힘에 부치는 듯 보였다.

옥신각신을 한 지 꽤 되었는지, 경비병이나 드워프나 이 추운 날 둘 다 땀을 흘리고 있었다. 결국 먼저 지친 쪽은 드워프 쪽이었다.

"에라이, 빌어먹을! 연금술사라는 놈들이 이 물건의 가치를 전혀 몰라보다니! 너희들 세월 헛산 거야! 카악~ 퉤!"

드워프가 공방 출입구에서 쫓겨나고서 그 앞에다 침을 뱉었다. 공방 앞을 지키던 경비병들은 그가 돌아가자 그제야 안도의 한숨을 내쉬었다.

"괴짜 포드로군요."

"예? 뭐라고요?"

안내인이 그리 말하자 발렌이 되물었다.

"방금 전 드워프 말입니다. 드워필리지에서는 유명한 드워프죠. 대장장이로 명성이 자자해 야장으로 손꼽혔으나, 어느 날부터 갑자기 괴이한 물건을 만들면서 괴짜 포드로 불리게 됐죠. 최근에 뭔가 야심찬 물건을 만들겠다며 전 재산을 재료비 구입에 다 쏟았다고 합니다."

"전 재산을 재료비에……?"

그거 정말 제정신으로 할 수 있는 행동이 맞나 싶었다.

전쟁 중이라면 전 재산을 들여 광물을 구입해 검을 만들어 팔면 이윤을 엄청나게 남길 수 있다. 하지만 그런 상황도 아닌데 전 재산을 들여 뭔가를 만들려고 한 것은 결코 제정신으로 할 수 있는 것이 아니다.

괴짜라고 불리는 이유에 아마 이것도 기인했을 것이다.

"그 덕분에 빈털터리가 되어 자신의 대장간만 남았다고 하더군요. 이혼까지 당하고, 홀로 살게 되었다고 합니다. 드워필리지에서는 유명한 얘기죠."

유명한 얘기지만 남의 슬픈 가정사를 듣는 건 마음이 유쾌하지는 않았다. 발렌은 애써 신경을 껐고, 이바나는 처음부터 관심이 없었다는 듯한 반응이다. 그 증거로 그녀는 방금 전과 전혀 연관 없는 자신의 얘기를 했다.

"오랫동안 돌아다니니 발도 아프고, 배가 고프네."

이바나가 주린 배를 붙잡았다. 점심 식사도 하는 둥 마는 둥 했기 때문에 금방 배고파진 것도 사실이다. 자신의 일이나 아는 사람의 일이 아닌 한 일절 관심을 주지 않는 이바나답다고 해야 할까.

발렌의 입에서 피식 웃음이 새어 나왔다.

"그런데 여긴 빵을 파는 곳이 전혀 없나? 며칠간 감자나 기름진 음식만 먹다 보니 힘드네."

이바나의 말에 발렌도 크게 공감했다. 며칠간 감자와 기름진 음식만 먹다 보니 고기를 보기만 해도 속이 좋지 않았다. 상상만 해도 속에서 올라오는 것 같았다. 오랜만에 빵과 스프를 먹고 싶은 심정이다. 안내인이 입을 열었다.

"드워필리지에는 바올라 제국 황실에서 일했던 요리사가 낸 바올라 제국의 음식을 파는 가게가 있습니다. 거기서 식사하시겠습니까?"

"그런 곳이 있었어요? 얼른 가요!"

이바나와 발렌의 눈이 초롱초롱해졌다. 안내인이 하하

웃으며 그들을 안내해 주었다.

* * *

그렇게 이틀간 더 드워필리지에 머물고, 왕성으로 돌아가기 전 날이 되었다. 이바나는 드워필리지에 있는 동안 엘리즈에게 줄 선물을 골랐다.

신중하게 고르고 고른 것이 바로 엘리즈에게 줄 스태프였다. 꽤나 질 좋은 고목나무로 만들어진 스태프였기에 그녀가 고민도 하지 않고 사 버린 것이다.

엘리즈도 바로 만족할 것이라 생각하니 신중히 구경하고 고른 보람이 있다고 이바나 스스로 그렇게 말했다.

"사절단으로 온 게 아니라 정말 관광하러 온 것 같았네요."

"그러게 말이야."

아루스와 세기어 국왕의 배려로 발렌과 이바나는 좋은 시간을 보낼 수 있었다. 지친 피로를 이번 드워필리지의 방문으로 말끔히 씻은 것 같았다.

"내일 다시 왕성에 가고, 일주일 후에 바올라 제국으로 돌아가야 한다는 게 아쉬울 정도네요. 세기어 왕국으로 온 것은 정말 후회되지 않을 일이었던 것 같아요."

"내가 수행인으로 오라고 하길 잘했지?"

"네, 처음에는 불안했는데 오니까 정말 좋았네요. 드워프도 만나고요. 정말 감사드려요, 이바나 씨."

발렌이 진심으로 감사를 표하자 그를 데리고 온 이바나도 뿌듯함을 느꼈다.

막상 데리고 왔는데 기대한 것에 못 미쳐 실망하지 않을까 내심 불안했던 그녀였다. 그러나 그 걱정이 무색하게 그는 정말 즐거워했고, 진심으로 고마워했다.

"고마우면 뭔가 보답을 해 줘야지."

이바나가 장난스럽게 웃었지만, 발렌은 진지하게 생각했다.

"바올라 제국으로 돌아갈 때 실험품 실험을 적극 도와드릴게요."

"흠…… 그것도 나쁘지 않네."

실험품을 만들어도 잘 도와주지 않던 그가 그 성능이 어떤지 직접 협력해 준다고 하니 이바나에게도 나쁘지 않은 거래 같았다. 그녀도 충분히 납득하고 고개를 주억였다.

"그럼 내일 아침에 출발해야 한다고 하니까 일찍 주무세요. 짐은 미리 챙겨 두셨죠?"

"안 그래도 일찍 잘 거고, 짐도 다 챙겨 놨으니까 걱정하지 마. 무사히 가려거든 바로 코앞이 보이지 않을 정도로 또 눈보라가 내리지 않게 바덴 님에게 기도나 하고 있어."

"전 알테미아교를 믿는데요?"

"바덴 님은 알테미아 님께서 가장 아끼시는 손자잖아. 한 번쯤 바덴 님에게 기도해도 괜찮지 않을까? 자기가 가장 아끼는 손자에게 한 번쯤 기도한다고 질투를 하시겠어? 너그러운 마음으로 이해해 주시겠지."

알테미아를 믿는 교단에서 온 사람이 이를 들으면 어떤 표정을 지을지 참으로 궁금하다.

확실히 바덴교와 알테미아교는 친분이 매우 두텁기도 하다. 그녀의 말처럼 바덴은 알테미아가 가장 아끼는 손자라고 성서에 명시되어 있기 때문이다.

"뭐, 그럴 수도 있겠네요. 그래도 알테미아 님께 기도할래요. 혹시 알아요? 제 기도가 알테미아 님께 닿아서 바덴 님께 알려 줄지?"

이바나가 그 말에 피식 웃었다. 발렌도 덩달아 웃었다. 한참 이바나와 시시콜콜한 이야기를 나누던 발렌이 자리에서 일어났다.

"저 이만 자러 가 볼게요. 이바나 씨도 주무세요."

"그래. 내일 일찍 일어나. 안 일어나면 내가 밖에 있는 눈을 양동이에 가득 담아서 얼굴에 뿌려 줄 테니까."

"무서워서라도 일찍 일어나야겠네요."

그렇게 하루가 지났다.

＊　　＊　　＊

이튿날 아침. 일찍 눈을 뜬 발렌은 간단하게 씻고 나와 머리를 수건으로 닦으며 이바나의 방으로 향했다. 가게 주인에게 물어보니 이바나는 아무래도 아직 일어나지 않은 듯 보지 못했다고 한다.

"일찍 일어나라고 하셨으면서 가장 늦게 일어나시네."

발렌은 피식 웃었다. 이바나는 특별한 일이 없으면 잠에 푹 빠져 있다는 것을 알고 있었기 때문이다. 곧 이바나의 방 앞으로 온 발렌은 먼저 씻고 나온 안내인이 기다리고 있는 것을 볼 수 있었다. 안내인도 발렌과 같은 생각을 하고 있던 듯 그녀가 머무는 방에 온 것이다.

"이바나 씨, 깨우셨어요?"

"깨우려고 문을 두드려 봤는데, 아무리 노크를 해도 반응하지 않습니다."

안내인이 곤란하다는 듯 말했다. 그는 문도 열지 못하고 있었다. 아무래도 이바나가 귀족이기도 하고, 숙녀이기 때문에 함부로 방문을 열고 들어갈 수 없었기 때문이다. 발렌이 노크를 했다.

"이바나 씨. 아직도 주무세요?"

발렌이 그녀를 부르며 문을 세게 두드렸다. 안내인의 말처럼 안에서 어떤 목소리도 들려오지 않았다.

"이바나 씨. 얼른 일어나셔야죠. 지금 일어나지 않으시면 늦어요."

귀를 바짝 문에 대 봐도 마찬가지다. 역시나 아무 소리가 들리지 않았다. 발렌이 아는 그녀는 늦잠을 자기는 하지만, 해가 중천이 넘어서도 자는 경우는 없었다.

"혹시 먼저 밖에 나간 것 아닐까요?"

"저도 혹시나 싶어 확인해 봤지만, 여관 주인의 말로는 여관 밖으로 나간 사람은 한 명도 없었다고 합니다."

"새벽에는요?"

"여관 주인과 그 가족들이 교대하면서 불침번을 서는데, 아무도 나가지 않았다고 합니다. 아무도 졸지 않았고, 확실하다고 합니다."

이바나가 갑자기 밖으로 외출할 일도 없다. 그렇기에 더욱 이상했다.

'느낌이 이상한데?'

발렌은 싸한 기분이 들었다. 그의 촉감이 좋지 않다고 계속 경고하고 있었다.

"아무래도 들어가서 확인을 해 봐야 할 것 같은데요?"

"아무리 그래도 숙녀의 방을 허락도 없이 함부로 들어가는 건 좀……."

안내인은 들어가길 망설이고 있지만, 발렌은 이미 결단을 내렸다.

계속 불안하다고, 이바나에게 좋지 않은 일이 생긴 것 같다고 자꾸 머릿속에서 경고를 하고 있었다.

그가 문손잡이를 돌리기 위해 손을 뻗는 와중에 문득 이상함을 느꼈다.

문손잡이에 물이 맺혀 있었기 때문이다. 누군가가 손을 씻고 들어간 것일까? 아니, 손에 물기를 닦지 않고 만진다 하더라도 문손잡이에 맺힌 물방울은 결코 손에 묻은 물기로 만져서 생긴 물기가 아니다.

찬 공기와 따뜻한 공기가 만나 생긴 물방울이다. 그의 본능이 벌써 무슨 일이 생겼다고 말하고 있었다.

"이바나 씨, 안에 들어갈게요!"

그가 다급히 문을 열었다. 안내인이 고개를 획 돌리는 것과 반대로, 발렌은 문 안쪽을 응시하고 있었다.

곧 안내인이 돌렸던 고개를 다시 원래대로 돌려놓았다. 그리고 그는 곧 발렌이 석상처럼 얼어 있는 것을 볼 수 있었다.

발렌은 문 안쪽을 똑바로 응시하고 있었다. 자연히 안내인의 시선도 그쪽으로 향했다. 곧 안내인도 발렌처럼 그 자리에 얼어붙었다.

"이바나…… 씨……?"

발렌이 동공이 쉴 새 없이 떨린다. 그는 믿을 수 없는 장면을 목격하고야 말았다.

침대 위에는 왼쪽 가슴에 칼이 찔린 채 죽어 있는 이바나가 누워 있었다.

피로 붉게 얼룩져 광기가 서린 방. 이 모든 것이 거짓이라고 격하게 부정하는 발렌. 그러나…….

"으, 으아악! 사, 살인이야!"

안내인의 외침이 명백한 현실임을 인지시켜 주었다. 발렌이 무릎을 꿇었다. 어째서 이바나가 살해를 당한 것인가. 그 모든 것을 알 수 없어 그는 넋을 놓고야 말았다.

쾅!

여관 출입구에서 요란한 소리가 들려오기 시작했다.

"뭐, 뭐야? 당신들은 설마……! 끄악!"

여관 주인이 단말마와 함께 피를 흘리며 쓰러진다. 안내인이 고개를 내밀자 두 눈이 커졌다.

"서, 설마 저건……!"

퍽!

안내인이 말을 채 끝내지 못하고 뭔가에 맞고 뒤로 넘어간다. 안내인의 머리에 도끼가 박혀 있었다.

안내인이 피를 흘리며 자신의 옆에 쓰러져 있는 모습을 넋을 잃은 채 바라보는 발렌. 그의 시선이 옆으로 향했다. 그곳에는 정체를 알 수 없는 자들이 계단을 올라오고 있었다.

"당신들은 도대체……."

활을 든 정체불명의 남성들. 발렌이 자리에서 일어섰다. 그리고 그의 시선이 녀석들이 허리에 차고 있는 단검에 집중되었다. 이바나의 가슴에 박혀 있는 단검과 비슷하게 생긴 것이었다. 녀석들은 눈에 이채를 띠며 발렌에게 다가온다.

"이바나 씨를 죽인 건 너희들이구나."

이유가 무엇인지 들어야겠다는 듯 발렌이 마나를 끌어모으려고 할 때였다.

'어, 어째서?!'

발렌이 크게 당황했다. 이게 도대체 어떻게 된 영문인지 파악할 새도 없이, 녀석들 중 한 놈이 발렌에게 화살을 쏘았다. 화살은 정확히 발렌의 미간에 꽂혔다. 발렌의 몸이 뒤로 넘어가고…….

이바나 디 엘로이를 구하고, 정체불명의 세력들의 정체를 알아내라.

그 목소리가 머릿속에 맴돌며 그의 의식이 어둠 속으로 빨려 들어갔다.

Chapter 05
포드

<북부의 야만족>

확인된 부족만 10여 개에 달하며 각기 언어가 다르다. 전쟁을 하기 전 동물의 배를 갈라 얼굴에 피를 바르며, 전쟁에 나서면 죽기 전까지 계속 싸운다. 포로라는 개념이 없으며 자신이 죽인 전사들의 머리를 취해 집 앞에 장식한다고 전해지며 매우 잔혹하다. ……(중략)…… 북부의 야만족과의 전투 경험이 있는 자들의 대다수가 고향에 돌아가서도 평생 그 공포를 잊지 못해 후유증에 시달린다고 한다. 하지만 그들의 용맹한지 멍청한

지 알 수 없는 공격성보다 더 무서운 것이 있었으니. 그것은 바로…….

—『아이벤 대륙의 야만족』 79p 발췌—

* * *

"……!"

발렌의 눈이 확 떠졌다. 혹한의 날씨임에도 그의 얼굴에 땀이 송골송골 맺혔다.

"첫 시작은 마을이었습니다. 세기어 왕국의 건국 때 지어진 이름을 아직도 사용하고 있지요."

안내인의 말이 발렌의 귀에 들어온다. 발렌의 갑작스러운 변화를 눈치채지 못한 듯 안내인이 드워프의 마을에 대해 설명하고 있었다.

'이건…….'

발렌은 안내인의 설명에 잠시 넋을 잃었지만, 드워필리지에 온 첫 날로 돌아왔다는 것을 알 수 있었다.

'다시…… 시작된 거구나.'

보나바르의 저주다. 한동안 잠잠하다 싶더니 결국 다시 시작된 것이다.

사흘 후에 벌어질 이바나의 죽음.

발렌은 왜 그런 일이 벌어졌는지에 대한 의문을 품을 수밖에 없었다.

'지금은 그 연유를 몰라도 어차피 알게 될 일이지.'

의문을 품어도 어차피 점차 알게 될 일이다. 리셋을 하면서 지금까지 몇 번이고 정체불명의 사람들에 대해 파헤치지 않았던가. 이번에도 별로 다를 바 없었다.

"발렌, 왜 그래? 어디 아파?"

이바나가 발렌을 보고 그리 말해 왔다. 그의 얼굴색이 노랗게 질려 있으니 이바나가 걱정된다는 듯 바라보는 것이다. 안내인도 그제야 발렌의 얼굴을 볼 수 있었다. 그가 어색하게 웃었다.

"아뇨. 마차를 타고 오는 동안 잠깐 멀미를 해서요. 아직 속이 좀 울렁거리네요."

"그래?"

딱히 울퉁불퉁한 길도 없었고, 완만하게 왔다고 생각했는데 멀미가 있다니 살짝 의아한 이바나. 그러나 그것까지 의심하지는 않았다.

"마침 제게 멀미약이 있습니다만. 드리겠습니다."

멀미를 한다는 말로 상황을 모면한 발렌. 안내인이 기꺼이 멀미약을 준다고 하자, 발렌이 곧 괜찮아질 거라며 극구 사양했다.

　　　　　＊　　　＊　　　＊

"도대체 그들은 누구였을까?"

여관에 온 발렌은 안내인이 씻으러 간 사이에, 생각에 잠겼다.

'이바나 씨도 별로 저항을 하지 못하고 살해당한 이유가 마법을 사용하지 못했다고 가정한다면 충분히 이해가 간다.'

그렇다면 도대체 어째서 마법을 사용하지 못한 것이란 말인가? 전혀 알 수 없기에 발렌의 고민이 깊어졌다.

'다시 그때를 떠올려 보자.'

발렌은 당시 이바나의 방을 떠올리며 곱씹었다. 피로 낭자된 방. 누군가가 침입한 흔적은 창문이 열려 있는 것으로 쉽게 추정할 수 있었다. 그리고 방에 아무렇게나 떨어져 있는 꽃병, 갈기갈기 찢어진 옷들.

성범죄를 당하다가 저항한 것이 아니라 누군가의 기척을 느끼고 일어나 저항하고, 여러 차례 칼에 찔린 흔적이다.

'하지만 마법을 사용한 흔적이 전혀 없어.'

그녀라면 몸이 아니라 마법을 먼저 사용해 침입자를 해

치울 수 있었을 것이다. 하나 그녀는 마법을 사용한 흔적이 없었다.

'이바나 씨가 캐스팅을 하기 전 침입자가 달려들었다는 뜻인가?'

또한 없어진 물건이 있는 것도 아니었다. 물품을 훔치기 위한 도둑의 우발적인 범죄가 아니었다.

'왜 이바나 씨가 살해당한 거지? 도대체 누가? 왜? 어째서?'

누군가에게 원한을 살 만한 행동을 한 것도 아니다. 타국에서 가장 행동을 조심한 사람은 바로 이바나 본인이었다.

자신의 행동이 이곳에서 상당히 무례하게 비춰지면 바올라 제국의 이미지에 영향을 줄 수 있기 때문이다. 항시 그녀의 옆에 붙어 있던 발렌은 그 점을 잘 알고 있었다. 단서가 전혀 없어 도대체 무슨 상황이었는지 판단하기 힘들었다.

'아니지. 마법을 쓰시 못한 것은 나도 마찬가지야.'

마나 엔진을 돌려 본다. 엔진이 회전한다. 이번에는 마나를 모아 보았다. 마나가 모였다. 파이어 마법을 사용하니 아주 작게 그의 손에 불이 머물렀다. 분명 마법을 정상적으로 쓸 수 있다.

'한데 그때는 왜 마나를 사용하지 못한 거지?'

발렌이 화살에 맞고 죽게 된 가장 큰 원인은 마법을 쓰지 못했다는 것에 기인했다. 어째서인지 그는 당시에 마법을 사용할 수 없었다.

마나를 사용하지 못한다면 분명 사전에 문제를 바로 알아챘을 것이다. 그러나 그는 어떤 변화도 느끼지 못했고, 당시 상황이 되어서야 마법을 쓸 수 없다는 것을 알아챘다.

만일 이바나도 발렌과 동일한 이유에서 오직 육체적으로 저항할 수밖에 없었다면 충분히 납득할 만하다. 그러나 여전히 마법을 사용하지 못한 그 이유는 불명이다.

'그나저나 이번에는 이바나 씨를 구하고, 정체불명의 세력을 물리치라니. 원래 바올라 제국의 몰락을 막기 위해서 만들어진 마법 아니었어?'

이바나는 바올라 제국의 제일가는 귀족 가문이니 그렇다 치지만, 정체불명의 세력까지 물리치라고 하는 건 아니지 않나 싶었다. 세기어 왕국의 일이니 세기어 왕국이 알아서 하라고 하면 그만이지 않은가.

'아니면 지금 일어날 이 일도 바올라 제국에 어느 정도 영향을 줄 수 있다는 뜻인가?'

명확한 이유는 알 수 없다. 그러나 명령에 따라야 한다면 따라야 한다. 리셋 할 때마다 내려 주는 임무는 몇 번을 생각해도 참으로 불친절하다 싶었다.

 자신이 직접 알아내고 해결까지 해야 한다니. 정체를 알려 주고 해결하라고 하면 얼마나 속이 시원하겠는가!

 '후우, 지금은 일단 이유를 알아내는 것에 집중하자.'

 혼자 속앓이를 해도 달라지는 건 없다. 이튿날로, 다시 평범한 일상으로 넘어가려면 반드시 이 일을 해결해야 하니까. 무엇보다 이것은 이바나를 구하는 길이기도 했다. 이바나가 죽는 것을 원치 않는다.

 '이바나 씨는 앞으로 다가올 자신의 운명을 모르니 웃을 수 있는 거겠지.'

 공방에 가서 디세프 씨를 만나 자신의 실험품에 대한 평가를 받고 황홀해하던 그녀의 얼굴은 도저히 잊히지 않는다. 그 미소가 사흘 후 사라질 것이라 생각하니 참담한 심정이다.

 '하루 일찍 돌아간다고 해도…… 그 상황은 피할 수 있겠으나 이튿날이 될 때 바로 또 리셋이 되겠지.'

 내려진 임무를 해결하기 전까지 리셋은 계속해서 반복된다. 발렌은 머리를 쥐어 잡았다.

 오랜 평화가 지속되어 최근 잠잠하다 싶더니, 타국에 와서 다시 골치 아픈 일에 휘말리니 마음이 싱숭생숭했다.

여행을 온 기분이라고 좋아했는데, 막중한 일을 해결해야 해서 암울해졌다.

* * *

결국 발렌은 이바나를 구하고, 정체불명의 세력을 물리칠 방도가 뭐가 있을까 고민해 본다.

정체불명의 세력.

여관에 침입한 그 숫자가 전부라면 마법을 쓸 방도만 찾으면 그들을 이길 수 있을 것이다. 하나 발렌은 정체불명의 세력은 그날 본 이들이 그 전부가 아닐 것이라고 확신했다.

고작 몇 명 때문에 그들을 물리치라는 임무를 내려 주지는 않을 테니 말이다.

자세한 규모와 정체를 먼저 알아낼 필요가 있었다. 결국 그것을 알아내기 위해 리셋을 또 반복해야 할 것이다.

일단 드워필리지에 주둔하는 주둔군과 기사들에게 앞으로 일어날 일들에 대해 익명으로 제보하는 걸 우선으로 했다. 내일모레 이른 아침 정체불명의 세력이 드워필리지를 공격할 것이니 조심하라고.

'누가 보면 장난으로 보낸 줄 알겠다.'

이걸 보낸 이가 누구인지 역추적해서 잡혀가지는 않을까 조마조마할 정도다.

신생국가이니 부정부패는 좀 적지 않을까 싶은 마음에 일단 제보를 했는데, 이 부족한 정보만으로 들어줄지 의문이다.

'안 되면 정확한 정보를 얻을 때까지 리셋을 반복해서 정보를 주도록 하자.'

정보에 신빙성이 있으면 병사들이 움직일 것이다. 부정부패가 만연한 바올라 제국도 그러했는데, 이곳이라고 다를까.

'내가 다른 나라의 일까지 걱정해야 한다니. 참으로 운명은 야속하구나.'

답답한 마음에 발렌이 안내인에게 바람 좀 쐬고 올 거라고 말한 뒤 여관 밖으로 나갔다.

아직 해가 지기 전이다.

바람을 쐬기 위해 나가니 역시나 엄청난 혹한의 바람이 불어닥친다.

해가 지기 전이라고 하더라도, 슬슬 어두워지려고 하니 더 추워지고 눈이 날리려는 것 같았다.

"차가운 바람을 맞으니 그래도 정신이 확 드는 기분이네."

눈도 내리기 시작했다. 하늘이 우중충해진 것을 바라보며 발렌이 실없이 웃었다. 그는 중앙 광장 쪽으로 발길을 향했다.

이제 해가 가라앉을 때가 되니 어린아이들도 집으로 돌아갔는지 전혀 보이지 않았다.

술집에서 고된 일을 끝내고 맥주와 럼주를 기울이는 모습이 눈에 들어왔다. 마음 같아서는 저기에 혼자 가서 마시고 싶지만, 발렌은 술을 자제하기로 했다.

술은 지혜를 짜내는 데 방해된다. 제정신인 상태에서도 잘 안 떠오르는데 술이 들어가면 오히려 더 방해될 것이라 생각한 것이다.

'복잡하다, 복잡해.'

손으로 턱을 잡으며 고민하는 발렌. 정처 없이 계속 길거리를 돌아다니는 와중 누군가와 부딪쳤다.

"어이쿠!"

발렌이 뒤로 넘어졌다. 그리고 자신과 부딪친 자도 넘어졌다.

"눈을 어디다 달고 다니는 거야?!"

"죄, 죄송합니다."

발렌과 부딪친 자는 다름 아닌 드워프였다. 자신의 잘못이라고 생각해 일단 사과부터 했다. 드워프의 키가 작아

평소에도 조심하지 않으면 잘 보이지 않는다.

그런데 고민을 하며 길을 걷고 있던 발렌이다. 당연히 못 볼 수밖에 없었다. 드워프와 발렌이 일어나 엉덩이에 묻은 눈을 털어 냈다.

"어라? 당신은……?"

공방 정문 입구 앞에서 경비병들이 힘들게 제지하다가 결국 쫓겨났던 그 괴짜 포드라고 불리는 드워프였다. 그 일은 내일 일어날 예정이라 그는 모를 것이다.

"뭐야, 너 나 알고 있냐?"

"어느 정도는요."

포드는 발렌을 위에서 아래로 훑어보았다.

"너 외지인이냐? 복장이 세기어 왕국 사람의 것이 아닌 것 같은데?"

겉에 추위를 막기 위한 모피 옷을 입었지만, 겉옷 사이로 언뜻 보이는 정복이 세기어 왕국민들이 입는 것과 달라 외지인이라는 걸 한눈에 알 수 있던 모양이다.

"전 바올라 제국에서 사절단 중 한 명의 수행인으로 따라 왔어요. 포드 씨였죠?"

"그냥 편하게 아저씨라고 불러. 어쨌거나 신기한 일이로군. 바올라 제국에도 내 이름이 알려졌나?"

"이곳에 와서 아주 우연찮게 들었지만요."

실은 내일 쫓겨나는 모습을 보고, 안내인에게 그가 누구인지 설명을 들은 것뿐이지만. 발렌은 시치미 떼기로 했다. 포드는 바올라 제국이 자신을 평가하고 있다는 것에 조금 놀란 듯 보였다.

"좋지 않은 소문을 들었겠지."

포드는 별로 신경 안 쓴다는 듯 손을 휘휘 저었다. 아예 처음부터 신경을 안 쓴 게 아니라 하도 많이 들어 지칠 대로 지친 것 같은 느낌이었다.

"야장 드워프라고 알려져 있다고 들었습니다. 전 포드 아저씨를 개발에 돈을 아끼지 않고, 열정을 쏟아 붓는 훌륭한 연구가라고 생각해요."

"야장이라…… 과거의 칭호지만. 그런데 연구가라고? 껄껄껄!"

면전에 대고 괴짜라고 말할 수 없어 좋게 포장한 발렌. 그 얘기를 듣고 포드가 껄껄 웃었다.

"연구가라고 하기에는 좀 그렇지만, 좋게 평가해 준다니 기분은 좋구먼."

입 안으로 눈이 들어가도 아랑곳하지 않고 입을 쩍 벌리며 웃는 것 보니 신선하게만 느껴졌다. 한참 웃던 포드가 입 안으로 들어오는 눈이 많다는 걸 느끼고 하늘을 바라보았다.

"이런. 눈발이 너무 강해지는군. 이거 아무래도 심각한 눈보라가 일어날 모양인데?"

포드의 말에 발렌이 아차 싶었다. 그러고 보니 드워필리지 방문 첫날에 눈보라가 일어났었다. 정체불명의 세력들의 일에 너무 열중한 나머지 깜빡 잊고 있었다.

"어이쿠. 그럼 저도 얼른 가 봐야겠네요."

"어디서 머물고 있는데?"

"인간과 드워프의 놀이터라는 여관이요."

"이 기세라면 도착하기도 전에 눈보라가 일어나서 길을 잃을 거야. 현지인들조차 길을 잃고 동사하는데, 외지인이면 더 위험하지. 일단 내 집으로 와라. 숙박료는 바올라 제국이 날 어떻게 생각하는지 말해 준 것으로 충분하니까."

그 정도라면 숙박료라고도 할 수 없었다.

발렌이 고개를 주억이며 포드를 따라갔다. 포드의 집은 중앙 광장에서 그리 멀리 떨어져 있지 않은 곳에 있었다.

포드의 집에 도착하니 눈보라가 심해지며 바로 눈앞도 보이지 않게 되었다. 그의 말처럼 여관으로 갔다면 중간에 길을 잃고 헤맸을 것이다.

포드의 집은 생각보다 넓고 쾌적했으며 가구가 거의 없었다. 그중 벽난로가 있긴 한데…… 어째 좀 이상하다. 이 나라에는 벽난로가 없다고 들은 것도 있지만, 벽난로의 모양새나 크기가 의아할 정도로 크기 때문이다.

"이 벽난로는 뭔가요?"

"음? 벽난로는 무슨 말인가? 바올라 제국은 화로를 벽난로라고 하나?"

발렌은 그제야 벽난로가 아니라 화로라는 걸 알았다. 벽난로치고는 규모가 이상할 만큼 커서 의아했는데 화로여서 그런 것이다.

"이게 화로였군요."

"대장간을 전혀 가 본 적이 없나?"

"고향의 옆 마을에는 있어 심부름으로 몇 번 가 봤지만 안쪽에 들어가서 구경할 기회가 전혀 없었어요. 열심히 망치질을 하는 건 봤지만요."

"그래?"

확실히 대장간이 근처에 없는 사람들은 화로를 구경해 볼 일이 얼마 없었을 것이다. 드워필리지는 공방은 물론 대장간이 널리고 널렸지만, 화로는 대부분 따로 작업실에 마련한다.

이유를 들자면 매우 위험하기 때문이다. 쇠가 붉게 물들어 물이 된 상태이다. 조금만 튀어 살에 닿아도 큰 부상을 입기 때문이다.

발렌은 화로를 구경하다가 꽤 오랫동안 쓰지 않았다는

걸 어림짐작할 수 있었다.

내부는 전체적으로 깨끗하게 청소된 상태인데, 화로 위와 아래는 먼지가 가득 쌓여 있었기 때문이다.

발렌이 손가락으로 슥 먼지를 닦아 내자 포드가 씁쓸한 듯 웃었다.

"지금은 대장간을 잠시 멈췄어. 지천에 널린 게 대장간이고, 주문도 거의 들어오지 않거든."

그래서 깔끔히 대장간을 접었다는 모양이다.

드워필리지에서 야장이라고 알려졌을 정도면 꽤 잘나가는 편이라고 들었다. 하지만 괴짜라는 소문이 돌고서 주문이 줄어들더니 이제는 거의 들어오지 않는 실정이라고 한다.

대장간을 제외하고 전 재산을 날린 데다, 빚쟁이에게 시달리고 있으니 장사를 하고 싶어도 할 수 없는 것이다.

"후우, 이것이 잘나갈 거라고 생각했는데 말이야."

포드가 정체불명의 도구를 그에게 보여 주었다. 그러고 보니 공방에서 쫓겨날 때도 이 물건을 들고 있었다.

"이게 뭐죠?"

손목 보호대처럼 보이나, 그 위에 알 수 없는 복잡한 장치가 있었다.

어디에 쓰는 건지 전혀 감을 잡지 못하고 있는 발렌. 그가 호기심을 보이자 포드가 이를 설명해 주었다.

"실린더라고 하는 건데, 마정석을 넣어 폭발을 일으키는 마도구지. 그 안에 마정석이 들어 있으니 그 구멍에 얼굴을 들이밀지 않게 조심하라고."

발렌이 흠칫 놀라며 잽싸게 그 도구를 내려놓았다.

"왜 이런 무서운 걸 제게 건네는 거예요? 손 날아가면 어쩌려고요. 아니, 애초에 왜 그런 걸 집 안에 두시는 건가요?"

일전에 세인브리트 마탑에서도 이바나의 방을 처음 방문할 때 비슷한 일이 있었다.

발렌은 기시감을 느끼면서 살짝 그와의 거리를 벌렸다. 발렌의 반응을 본 포드가 껄껄 웃었다.

"아무래도 오해를 한 모양이군. 그 폭발이란 이 마도구가 폭발하는 게 아니고, 마정석을 폭발시켜 앞으로 충격파를 발산한다는 의미야. 그냥 쏘면 그 충격파에 맞아 아플 수는 있지만 죽지는 않지."

그런 의미였구나. 발렌은 그제야 안도의 한숨을 내쉴 수 있었다. 이바나처럼 정말 위험한 물건을 방 안에 두는 사람은 아닌 모양이었다.

'이바나 씨. 혹시 들고 온 짐 중에 폭발석이나 뭐 그런 게 들어 있는 건 아니겠지?'

그 짐이 왕성에도 있으면 더 위험하다. 불현듯 그런 불안함이 드는 발렌. 눈보라가 그치면 직접 물어보기로 했다. 그가 딴생각을 하는데도 포드는 실린더에 대한 설명을 멈추지 않았다.

"하지만 마정석에 속성을 넣으면 마법을 모르는 사람이라도 이것만 있으면 쓸 수 있다 그 말이지!"

"그거 굉장한 거 아니에요?"

평범한 사람도 이것만 있으면 마법을 쓸 수 있다는 말과 다를 바가 없기에 발렌이 놀랄 수밖에 없었다.

이것은 일종의 혁명이라고 봐도 과언이 아니었다. 포드는 그렇게 평가해 준다는 것에 기뻐하며 자랑스럽게 가슴을 폈다.

"굉장하지. 아마 이것이 세상에 알려진다면 현재의 모든 군 체계가 바뀔 테니까. 전부터 알고 지낸 공방의 사람과 사석에서 만나 몇 명에게 보여 줬고, 괜찮다는 평을 받았어. 이제 관리인을 직접 만나는 일만 남았지."

포드는 하지만, 이라고 잠시 말을 흘리다가 곧 한숨을 내쉬었다.

"마정석을 일회용으로 사용할 수밖에 없으니 비효율적이라고 생각한다는 게 가장 큰 문제야. 딱히 값나가는 상등품을 써야 하는 것도 아니야. 마정석 가루로도 화살 여러 개를 동시에 날리는 정도는 할 수 있거든. 그래도 일회용인 걸 생각하면 좀 비싼 편이지."

직접 실험을 해 봤기에 그런 말을 할 수 있는 것이다.

명중률은 크게 기대하지 못하지만, 그래도 가까이에 있는 적을 상대하거나, 위협을 주거나, 사기를 저하시키는 용도로 사용할 수 있다고 한다.

"후우, 그런데 대다수는 이 희대의 역작을 아무도 알아봐 주지 않는 거지. 내 얼마나 슬픈지 아나? 가성비가 나쁘다는 건 알고 있지만, 비장의 무기로 쓸 수 있을 텐데 말이지."

확실히 돈이 많이 필요한 물품이라는 것만큼은 확실히 알 것 같았다. 그래도 없는 것보다 낫지 않을까란 생각을 하게 되었다.

'정말 연금술사가 왜 천대를 받는 건지 모르겠네.'

이렇게 기발하고, 세상을 바꿀 수 있을 물건을 대부분의 나라가 천대하는 이유를 전혀 모르겠다.

히트 스톤만 봐도 그렇지 않은가.

일상생활에서 평범한 백성들이 마도구를 사용하는 모습은 세기어 왕국이 아니면 볼 수 없는 광경이었다.

도구에 의존하지 않고 자기 자신과 마나만 믿어야 된다는 마법사와 기사들의 신념이 뿌리 깊게 박혀 있어 그런 것인가 싶다.

* * *

이튿날. 포드 덕분에 하룻밤을 안전하게 지낸 발렌은 아침 일찍 여관에 올 수 있었다.

여관에 도착하니 이바나와 안내인이 1층 식당에 앉아 있는 것이 보였다. 이바나와 눈이 마주쳤다. 그녀가 자리에서 벌떡 일어났다.

"어딜 갔다 오는 거야? 네가 잘못된 줄 알고 걱정했잖아!"

어제 새벽 눈보라가 심해서 찾으러 가고 싶어도 나갈 수 없어 새벽 내내 동동 구른 모양이다. 잠은 제대로 잔 건지, 못 잔 건지 그들의 눈 밑에 그림자가 짙게 깔려 있었다.

"죄송해요, 이바나 씨. 어제 잠깐 밖에 외출했거든요."

"무슨 이유로?"

"드워필리지를 조금만 더 둘러보고 오려고요. 그러다가 눈보라를 만난 거고요. 다행히 포드 아저씨가 절 데리고 간 덕분에 안전하게 있을 수 있었어요."

누군가의 도움을 받아 몸 성히 올 수 있었다는 것에 안도의 한숨을 내쉬는 이바나. 안내인이 고개를 갸웃거렸다.

"포드? 포드라면 괴짜 포드 말입니까?"

"예. 세간에는 그렇게 알려진 드워프요."

"세상에."

"제가 뭘 잘못했나요?"

뭐 잘못하기라도 한 건가 싶어 물어보는 발렌. 안내인은 그런 게 아니라는 듯 고개를 저었다.

"아뇨. 그런 건 아니지만, 괴짜 포드가 드워프도 아닌 인간, 그것도 외지인을 도왔다는 게 신기해서요."

그렇게 신기한 일인가? 어젯밤에 포드와 꽤 길게 대화를 나누면서 친해진 발렌이다.

첫인상이 좋았던 것인지, 아니면 바올라 제국이 궁금해서인지는 모르지만 참 다양한 것을 물어보았다.

어쨌거나 싫은 느낌은 아닌 터라 마음의 안정을 찾은 것도 사실이었다. 의외로 의기투합을 해서 간단히 술도 얻어마셨다.

세간에 떠도는 소문과 다르게 포드는 꽤나 호탕하면서 시원시원한 면이 있었다. 덕분에 고민은 잠시 잊고 머리를 식힐 수 있었다.

"그래, 어쨌든 다행이네. 식사는?"

"아직 안 했어요."

"그럼 일단 식사부터 하자."

발렌이 고개를 주억이며 이바나의 맞은편에 앉았다. 안내인도 조심스럽게 자신의 자리에 앉았다. 요리를 주문하자 얼마 되지 않아 그들이 주문한 음식이 테이블 위에 가득 놓여졌다.

※　　※　　※

어제 마도구 공방을 보지 못한 이바나가 원하는 대로 결국 또 둘러본 발렌이었다. 여전히 넓구나 새삼 생각하면서 그들은 곧 정문으로 나갔다. 그리고 거기서 익숙한 소란을 마주했다.

"이거 놔!"

"안 됩니다. 가 주시기 바랍니다!"

"너희들 내가 누군지 알고 이러는 거냐! 얼른 비켜!"

한동안 지속되는 소란. 먼저 지친 포드가 숨을 거칠게 내쉬며 악담을 퍼부었다.

"에라이, 빌어먹을! 연금술사라는 놈들이 이 물건의 가치를 전혀 몰라보다니! 너희들 세월 헛산 거야! 카악~ 퉤!"

가래침을 뱉으며 몸을 돌리려던 찰나, 포드와 발렌이 눈을 마주쳤다. 포드가 반갑다는 듯 손을 흔들었다.

"어이, 젊은 친구! 여기서 또 보는군."

"여기서 또 뵙네요, 아저씨."

이렇게 되리라는 건 진즉에 알고 있었던 발렌. 이번에도 역시나 그는 마도구 공방에 와서 소란을 피우고 있었다. 다만 저번과 다른 것은 포드와 직접 만나 이야기한 적이 없었다는 것이었다.

이바나는 오늘 아침에 발렌에게 들은 얘기를 토대로 눈보라에 갇힐 뻔한 그를 도와준 것이 눈앞에 있는 드워프란 것을 알 수 있었다.

"어제 발렌을 도와주셨다고 들었어요. 정말 감사드립니다."

"별것도 아닌데 감사까지야."

그러다가 포드는 발렌을 바라보며 이바나를 손가락으로 가리켰다.

"그런데 옆에 같이 있는 사람들은 누군가?"

발렌이 입을 열려고 하니, 포드가 손을 펼치며 그가 말하려던 걸 제지했다.

"아니 내가 맞추도록 하지. 딱 봐도 알겠군. 자네의 이거지?"

포드가 새끼손가락만 펼치며 웃어 보였다. 발렌이나 이바나는 고개를 갸웃거렸다.

"이거 몰라? 이거!"

포드가 답답하다는 듯 가슴을 때렸다. 저게 무슨 의미인지 발렌과 이바나는 종잡을 수 없었다. 이를 보고 있던 안내인이 그 의미를 알려 주었다.

"세기어 왕국에서는 새끼손가락만 펼치며 관계를 묻는 건 미래를 약속한 사이, 즉 연인 사이냐고 묻는 것입니다."

그 말의 의미를 알아듣고 발렌과 이바나가 크게 당황했다. 특히 이바나의 반응이 상당히 컸다. 그 반응을 보고 포드가 씩 웃었다. 아무래도 자신이 맞췄다고 오해하고 있는 것 같았다.

"어제 잠깐 대화하면서 느낀 건데, 이놈은 분명 난놈이야. 책을 많이 읽어서 그런지 다재다능하고, 말도 능수능란하지. 남을 배려하며 말하는 건 누구나 할 수 없는 거야. 눈동자가 깊은 것은 마치 몇십 년 동안 여러 차례 역경을 헤쳐 낸 모습 같더군. 그만큼 많은 것을 안다는 의미지."

몇십 년 동안 역경을 헤쳐 냈다는 것에 발렌이 살짝 움찔거리기는 했지만, 아무도 그의 반응을 보지 못했다.

발렌은 더 늦기 전에 얼른 그에게 사실을 말해 주기로 했다.

"아니에요, 포드 아저씨. 어제 얘기 했었죠? 제가 사절단의 수행인으로 왔다고."

"그랬지."

"이분이 사절로 오신 이바나 디 엘로이 님과 드워필리지의 안내를 맡은 안내인이세요."

"그렇군. 바올라 제국의 귀족이셨구먼. 껄껄, 알아보지 못해서 미안하네. 만나서 반갑네. 포드라고 하네. 이거 참. 내가 대단히 실례했군. 미안하네."

세기어 왕국은 귀족에 대한 권위의식이 적은 만큼 편하게 말을 놓았다.

이바나가 태세 전환이 빠른 그 모습에 잠시 당황했으나, 왕성을 제외하고 이 나라 백성들은 귀족들에게 다 이렇게 대한다니 이해하기로 했다. 물론 놀란 마음은 없잖아 있었고, 살짝 기분 나쁜 것도 있었다.

'이바나 씨가 권위적인 사람이 아니라서 다행이네.'

만일 권위적인 사람이었다면 자신의 명예를 더럽혔다며 지금 당장 죽이려 들 수도 있었을 것이다.

이바나는 사절로 온 데다 어떻게든 이 나라의 문화를 이해하고자 노력하고 있기에 납득하고 넘어갈 수 있었다.

포드는 민망함을 없애기 위해서인지 껄껄 웃었다. 호탕한 모습에 이바나는 어색하게 미소를 지었다.

"그런데 포드 아저씨. 여긴 어쩐 일이세요?"

이곳에 와서 쫓겨나는 것은 알았던 발렌.

"어제 내가 자네에게 보여 준 실린더 있지? 그걸 납품 계약을 따내려고 들고 왔는데, 입장부터 거절당했지 뭔가. 내가 이 공방의 블랙리스트로 올라가서 들어가지 못한다는 모양이야."

포드가 한숨을 푹 내쉬었다. 공방에 이걸 보여 주고 팔 수 있다면 지금까지의 빚을 전부 청산하고 떼돈을 벌 수 있을 것이라 생각했는데, 기회부터 주어지지 않았기 때문이다. 포드가 호탕한 웃음 뒤로 암담한 표정을 짓고 있는 것 같았다.

"혹시 그 마도구. 제가 잠시 봐도 될까요?"

마도구라는 말에 방금 전 일은 잊고, 눈이 초롱초롱해진 이바나. 포드가 고개를 주억이며 그녀에게 실린더를 넘겼다.

"마음대로. 어차피 나중에 전부 녹여서 검이나 만들까 생각 중이니까."

마도구 공방이 유일한 희망이었던 포드. 돈이 없으면 돈을 벌어야 하기 때문에 다시 본업에 충실할 수밖에 없었다.

그래도 과거의 야장이라는 칭호가 있어 당장은 안 되겠지만 본업으로 돌아왔다는 소문이 퍼지면 사라졌던 손님들도 다시 모이게 될 것이리라.

이바나가 마도구를 이리저리 살펴보았다. 팔목 보호대처럼 팔목에 채우는 것은 알겠는데, 정확한 용도를 전혀 모르겠다는 듯 이리저리 살폈다.

포드는 발렌에게 설명해 줬던 것처럼 그녀에게 설명해 주었다.

이바나는 설명을 듣고 호기심 어린 얼굴로 이를 바라보았다.

"흥미롭네요. 마정석을 이용한 무기라니. 그런데 마정석의 폭발력을 이게 감당할 수 있나요?"

"물론이지. 내가 그것도 생각 않고 설계를 할 리 없으니까. 직접 실험도 해 봤으니 문제는 없어."

"그게 사실이라면 휴대도 간편하고, 무기로도 확실히 쓸 수 있겠어요."

이바나는 실린더를 긍정적으로 평가했다. 확실히 마정석을 사용한다면 여러 발을 쏘기에는 막대한 돈이 들 것이다. 하지만 위험할 때만 쓰면 큰 도움이 되리라 본 것이다.

전쟁에 나설 귀족들은 많고, 돈이 많은 집안도 꽤 있다. 마도구를 만드는 것은 천대하지만, 정작 편리한 마도구가 있으면 사용하는 것이 바올라 제국이다.

자신의 안전을 최우선으로 하는 귀족들은 당연히 이것

을 구입하는 데 망설이지 않을 것이라 보았다. 자신을 보호할 수 있고, 위기에서 벗어날 수 있게 도와줄 비장의 수단으로 충분히 사용할 수 있을 테니까.

"이거 구입하겠어요. 개당 얼마죠?"

"구입하는 거야 상관은 없는데, 몇 개나 구입하려고?"

"일단 두어 개 정도요. 왕성에 계신 황자 전하께도 직접 보여 드리려고요."

"화, 황자?!"

포드의 눈이 보름달처럼 동그랗게 떠졌다. 사절이 왔다는 건 알았어도 황제의 아들이 직접 왔다는 것은 전혀 몰랐기 때문이다. 황자가 사절로 왔다는 것을 아는 사람은 왕성에서 근무하는 사람들과 이 소식을 들은 수도의 사람들뿐이다.

"황자 전하께서도 만일 이 마도구를 긍정적으로 생각하시면 황제 폐하의 귀에도 들어가게 될 거예요."

황제의 귀로도 들어간다는 것에 포드는 믿을 수 없다는 듯 동공이 떨렸다. 그는 발렌을 바라보았다. 발렌이 뺨을 긁적이며 고개를 끄덕였다. 포드가 발렌의 키만큼 펄쩍 뛰더니 그의 어깨에 매달리며 머리를 쓰다듬었다.

"어쩐지 네놈에게 친절을 베풀고 싶더라니. 너는 정말 난놈이었구나! 이 복덩어리!"

진심으로 기뻐하는 게 눈에 보인다. 발렌이 아프다는 듯 그의 손을 떼어 내려고 했지만 힘이 어찌나 센지 떨어질 생각을 하지 않았다.

"아저씨, 아직 결정된 것도 아니잖아요. 나중에 실망하시려면 어떻게 하시려고요."

"그래도 기쁜 걸 어쩌냐. 다른 곳도 아니고 바올라 제국에게 인정을 받을 수 있다는 건데."

세기어 왕국에서는 인정받지 못해도 바올라 제국에 인정을 받으면 모든 이들이 다시 그를 우러러 보게 될 것이다. 헛물을 들이키는 게 아닐까 싶기도 하지만, 그래도 상상만으로 기쁜 것도 사실이다.

"바올라 제국에 가서 이 무기를 직접 시연해서 알리고 싶어요. 만일 이게 바올라 제국에 알려진다면 포드 씨가 바올라 제국으로 초청될 수도 있겠네요."

그녀의 말대로 그렇게 된다면 드워프 최초의 바올라 제국민이 될 것이리라.

"그런데 얼마나 남아 있나요?"

"음…… 수량은 정확하지는 않지만 대략 300개가 넘게 있다네."

"좋아요. 일단 확답을 드리기 전까지는 남겨 두도록 하세요. 나중에 이를 바올라 제국에 납품하게 될 수 있으니까요. 자, 그럼 얼마에 살지 고민을 해 볼게요."

이바나가 손으로 턱을 짚으며 고민한다. 한참을 고민하다가 그녀의 입이 드디어 열렸다.

"일단 두 개를 10골드에 사들이겠어요. 그게 제가 지급 가능한 액수거든요."

"10골드?!"

빚에 시달리는 그의 입장에서는 원가만 줘도 충분한데 무려 10골드라니?! 그 돈이면 빚을 갚고도 남는 돈이었다. 발렌이나 포드나 안내인이나 눈이 휘둥그레질 만큼 거액이었다.

"그, 그런 거액을 줘도 되는 건가?"

"제가 말했잖아요. 그게 제 선에서 지급 가능한 액수라고. 제 가문에서 그 정도는 푼돈이니까 걱정하지 마세요."

그 정도 돈은 이바나의 용돈과 나라에서 지급되는 돈을 합치면 충분히 낼 수 있는 돈이다. 그 때문에 이바나는 10골드를 기꺼이 낸다고 한 것이다.

돈 많은 가문들에게는 정말 푼돈일지도 모르지만, 발렌이나 포드에게 10골드는 결코 푼돈이 아니다.

"그렇다 해도 그 거액을 받는 건 좀……."

오히려 납품가를 정하지 않은 물품이라서 원가 이하로 구입해도 딱히 상관이 없다. 그러나 납품 계약을 해도 10

골드는 정말 말도 안 되는 거액인 것만큼은 확실했다.

"그렇게까지 거액으로 구입하려는 의도를 전혀 모르겠는데."

"그러네요."

이바나가 잠시 고민을 하더니 곧 포드에게 말했다.

"제 소중한 발렌을 구해 준 보답이라고 생각하세요."

그 말과 함께 수줍은 듯 미소를 짓는 이바나. 그 모습을 보고 발렌의 입이 쩍 벌어진다. 이바나는 빙그레 웃으며 발렌에게 시선을 주었다.

"발렌. 남은 한 개는 직접 받아서 가지고 오도록 해. 돈은 왕성으로 돌아가기 전 너를 통해서 전달하면 되겠지?"

"아, 예."

"여관에 빨리 와야 한다?"

평소와 달리 개구쟁이의 모습이 있는 미소가 아닌 여자로서 짓는 아름다운 미소였다. 그녀는 곧 실린더를 손에 들고 여관으로 발걸음을 옮겼다.

안내인이 멍하니 있다가 그녀의 뒤를 쫓아갔다. 그 자리에는 발렌과 포드가 덩그러니 남아 있게 되었다.

"젊은 친구."

"예, 아저씨."

"소중한 발렌이라고 했는데, 너 저 귀족 아가씨와 정말 아무 사이도 아니냐?"

"저도 방금 전 그 말을 듣고 이바나 씨의 얼굴을 보니 설레긴 했지만 정말 벗이라는 것 외에는 아무 것도 없어요."

말은 그렇게 했지만, 발렌은 이바나가 포드의 의심도 풀 겸 자신을 놀리려는 의도로 그렇게 한 것이라고 생각했다. 그것을 알고 있지만 지금도 설레는 것은 자신도 놀랄 만한 일이었다.

* * *

이튿날 정오. 발렌은 포드의 집 앞에 찾아왔다. 이바나는 발렌에게 실린더 값을 지불하도록 하려 했으나 공방에 대한 이야기를 듣고 호기심이 들어 같이 왔다. 발렌이 문을 노크했다.

"포드 아저씨, 저 왔어요."

"안에 있어."

발렌이 출입문을 열고 들어왔다. 포드가 반갑게 그들을 맞이해 주었다.

"귀족 아가씨께서도 오셨군. 자자, 구차하지만 안에 들어와."

포드는 그들을 의자에 앉히고 차를 준비했다. 그는 엉덩이를 덩실덩실 흔들며 흥얼거렸다.

그 모습이 어찌나 웃긴지 발렌과 이바나가 입을 꾹 닫고 열심히 웃음을 참았다.

잠시 후, 차를 내온 포드. 알렌드 차와 육포단이 놓여졌다.

"바올라 제국 사람들은 홍차를 마신다고 들었지만, 우리 집에 홍차가 없어서 말이야. 그래도 내가 구할 수 있는 것 중 제일 입에 맞을 만한 알렌드 차를 구했으니 맛있게 마셔."

발렌이 미소를 지으며 고개를 주억였다. 알렌드 차의 쓴맛에 아직 익숙해져 있지 않은 그들을 배려한 모양인지 별로 쓰게 느껴지지 않았다.

"맛있네요."

솔직히 말하자면 아주 맛있지는 않지만 먹을 만한 정도였다.

이바나도 이건 마실 수 있는 듯 왕성에서 한 잔만 마시고 못 마셨던 알렌드 차를 거리낌 없이 마시고 있었다.

"그래? 세기어 왕국 백성들이 마시면 쓴 맛이 없어 맛없다고 하겠지만, 바올라 제국 사람들에게는 맞는 모양이군. 맛있다니 다행이야. 육포단에 소금을 좀 쳤는데, 짜게 느껴질 수 있으니 차랑 같이 먹어."

"예, 아저씨."

그렇게 간소하게 차와 육포단을 먹은 그들. 차를 한 잔 더 마시고 난 후에 포드가 바로 본론으로 넘어갔다.

"그래서, 실린더는 황자 전하께 보냈나?"

대답은 발렌이 대신했다.

"예. 아마 오늘 중으로 도착할 거예요. 바로 왕성에 계신 황자 전하께 보냈고, 나머지 하나는 이바나 씨께서 직접 사용해 보시겠다고 하더라고요."

"나머지 하나는 어디에 쓰려고?"

"이바나 씨는 마정석을 이용한 무기도 만드시거든요."

"오호?"

포드가 호기심 어린 얼굴로 이바나를 바라보았다. 연금술사를 가장 천대하는 나라가 바올라 제국인데, 그곳에서 마정석을 이용한 무기를 만들고 있다니. 그것도 꽤 명망 높은 귀족 아가씨가 그러니 호기심이 일어날 수밖에 없었다.

"그럼 사용법도 알려 줘야겠군. 어지간한 위력은 버틸 수 있다지만 너무 강력하면 손목이 날아가는 걸로 안 끝날 수 있으니까."

아무래도 사용자의 몸에 직접 착용하고 쏘는 것이다 보

니 위험이 따를 수밖에 없었다.

"그런데, 값은 언제쯤……."

어제 얘기한 10골드에 대한 얘기였다. 발렌이 이바나에게 시선을 돌리자 그녀가 고개를 끄덕였다. 발렌은 돈주머니를 테이블 위에 올려 두었다. 묵직한 소리가 울렸다.

"제가 확인해 봤지만, 혹시 모르니 액수를 확인해 보세요."

포드가 고개를 주억이며 돈주머니를 열어 곧 동전을 테이블 위로 쏟아 냈다. 금화가 잔뜩 테이블 위에 올려졌다. 그는 액수가 정확한지 세어 보았다. 정확하게 금화 10개가 들어 있었다. 그는 액수를 확인하고 얼굴에 미소가 드리워졌다.

"이제 지긋지긋하게 쫓아오는 빚쟁이들에게서 해방될 수 있겠군."

웃으며 말하고 있지만 그간 빚쟁이들에게 엄청 시달렸던 것을 생각하니 왈칵 눈물이 나올 것만 같았다. 이 돈이면 다시 새롭게 시작할 수 있다.

"고맙네, 귀족 아가씨. 음…… 미스 엘로이였나? 어쨌든 정말 고맙네. 아니, 감사드리는 바요."

입에 별로 착 감기지 않는 듯 어색하게나마 더듬거리며 예의를 차리려는 포드. 이바나가 그 모습을 보고 빙그레 웃었다.

"격식을 차리는 것이 안 익숙하면 지금까지 말한 대로 하세요. 세기어 왕국에 왔으니 이 나라의 법도에 따라야죠."

"큼큼! 그렇다면 그러도록 하지. 정말로 고맙네. 자네는 내 은인이야."

바로 원래대로 태세 전환을 하는 포드. 그래도 그녀가 비싼 값에 구입해 준 것이 정말 고마운 것은 사실이었다. 그 모습을 보니 자신도 모르게 미소가 지어지는 발렌이었다.

그렇게 고마움을 표하며 다시 의자에 앉는 포드. 그리고 밖에서 요란스러운 소리가 들렸다.

말발굽 소리와 병장기가 부딪치는 소리였다.

"병사들이 꽤 많이 지나가는 것 같은데?"

이바나가 굳이 밖을 바라보지 않아도 무슨 소리인지 짐작했다. 말발굽 소리와 병장기가 부딪치는 소리를 들으면 누구라도 무장한 병사들이 뛰는 것으로 생각할 것이다. 어제와 달리 오늘따라 유독 순찰을 도는 자들이 많다고 느껴졌다. 그 이유에 대해 포드가 알고 있었다.

"아, 소문을 못 들었나? 어제 우연찮게 들은 얘기인데, 수상쩍은 세력이 드워필리지를 공격할 것이라고 누군가가 제보를 한 모양이야. 정확히 어떤 세력인지, 얼마나 되는지 모르지만 언제, 몇 시 즈음에 공격할 것이라고까지 말한 모양이던데?"

이바나가 발렌을 바라보았다. 그러고는 피식 웃었다.

"너처럼 불의를 못 참고 바로 제보하는 사람이 이 나라에도 있나 봐."

그녀는 아올란 마을에 흑마법사들이 올 것을 사전에 알고서 남바른 공작가에 서신을 보냈던 발렌을 콕 집어 말하는 것이다. 발렌은 어깨를 으쓱이며 뺨을 긁었다.

사실 그 제보자가 자신이라는 것을 그녀가 알게 된다면 어떤 표정을 지을까?

걱정할까, 아니면 추궁할까. 그런 생각을 하면서 모르는 척 천연스럽게 대답했다.

"자기 고향 걱정하는 건 어느 나라 사람이나 마찬가지겠죠. 제가 아니었어도 다른 누구라도 불미스러운 일에 대해 우연찮게 듣게 되면 저와 같은 반응을 보였을 걸요?"

* * *

슬슬 정체불명의 세력이 공격할 날이 얼마 남지 않았다. 앞으로 몇 시간 후면 정체불명의 세력이 공격을 시작하게 될 것이다. 그리고 이바나는 이번 새벽에 살해를 당할 것이다.

"이바나 씨. 오늘 하루 정도 잠시 밖에 나가실래요? 제가 밤하늘을 보기 좋은 곳을 포드 씨에게 알아냈거든요."

이바나가 그 말을 듣고 깜짝 놀라며 자신의 몸을 껴안았다.

"뭐야, 너 설마 일전에 내가 장난으로 했던 일을 정말 진지하게 받아들여서 뭘 어떻게 하려고 생각하는 건 아니지?"

그 장난이란 소중한 발렌이라고 말한 그것이다. 그저 발렌을 놀리고 당황스럽게 하기 위해 말한 것인데, 진심으로 받아들이면 곤란하다는 표정이었다. 그가 한숨을 내쉬었다.

"제가 이바나 씨를 그렇게 생각하겠어요?"

"그 발언은 여자로서 기분이 나쁜데?"

"그럼 말을 바꾸도록 하죠. 이바나 씨가 장난친 것을 아는데 진지하게 생각하겠어요? 실제로 그렇게 말해도 제가 감히 이바나 씨를 교제 상대로 볼 것 같아요?"

이바나가 그럴 리 없다는 걸 잘 아는 발렌이기에 한숨을 내쉬며 고개를 저었다. 그 말에 안도는 되는데, 여자로서 거절당했다는 것에 내심 기분이 좋지 않은 이바나였다.

"무슨 이유인데?"

"별 이유는 없어요. 포드 아저씨의 말로는 오늘이 오로라가 절정에 이르는 날이라고 했거든요. 포드 아저씨가 아무도 모르는 명당이 있다고 하는데, 같이 가 보래요."

"흐음…… 아무도 모른다는 말에서 신뢰하기 어려운데? 오로라가 절정에 이른다는 말도 사실이야?"

"정 뭣하면 안내인님에게 물어봐도 되고요."

오늘 오로라가 절정이라는 것은 사실이다. 왜냐하면 발렌이 출발 전날 안내인에게 들었던 말이기 때문이다.

아침에 출발해야 한다고 해서 오랫동안 보지는 못했지만, 별똥별이 무수히 많이 떨어지고, 오로라가 비단처럼 하늘에 넘실거리는 그 장면은 정말 장관이었다. 별똥별이 많이 떨어지는 것은 아무도 예상하지 못한 바이기는 하지만, 그 장관을 넋을 잃고 보다가 잠들어 버린 것이 내심 아쉬웠다.

"하지만 내일이 출발하는 날인데?"

"조금 자 뒀다가 마차에서 주무시면 되죠. 가장 아름다운 밤하늘이 될 것이라는데 이 날을 놓칠 수 없잖아요."

왕성까지 가는데 시간이 좀 있으니 그때 자면 된다고 설득하는 발렌. 이바나도 망설이다가 고개를 주억였다.

"좋아, 그렇게 하자. 정말로 아무 짓도 안 하는 거지?"

"옆에 안내인님도 계실 텐데 걱정도 많으시네요."

어쨌든 그녀가 그러겠다고 하니 안도되는 발렌이다. 이로써 새벽에 그녀가 습격을 당할 일은 사라졌다. 안전한 곳에 그녀를 피신시키고, 발렌은 정체불명의 세력에 대해 알아내면 그만이다.

*　　　*　　　*

습격이 시작되기 전, 발렌은 이바나와 안내인을 명당으로 안내하고, 놓고 온 물건을 가지고 오겠다고 하며 포드의 집으로 왔다.

이번에 안면을 익히게 된 포드를 피신시키기 위해서였다. 몰랐으면 괜찮지만, 이미 알게 되어 그냥 갈 수 없던 것이다. 발렌은 자신의 지인이 된 사람을 모르는 척 넘어갈 정도로 매정한 사람이 아니었다.

"젊은 친구. 무슨 일이야? 내가 알려 준 명당에 안 가고?"

포드는 발렌이 찾아오자 고개를 갸웃거리며 물었다.

"포드 아저씨 드릴 말씀이……."

"빚을 전부 다 갚았어. 귀족 아가씨께 다시 한 번 감사하다고 전해 줘."

포드는 발렌의 말을 끊고 기뻐하며 자신의 일을 말해 주었다. 빚쟁이들에게 돈을 다 갚고 난 이후라서 그런지 그의 얼굴은 더 밝아보였다. 그 얼굴을 보니 역시 그가 피신할 수 있게 하는 것이 정답이었다.

"아 참. 내 정신 좀 봐. 나도 모르게 말을 끊었네. 미안해, 젊은 친구. 그래, 할 말이 뭔가?"

"피신해 계시는 게 좋을 것 같아서요."

"피신? 갑자기 왜? 이 나라에 갑자기 전쟁이라도 일어났대?"

"아뇨, 실은……."

정체불명의 세력이 공격해 올 것을 알린 이가 자신이라고 밝히려고 말하려던 때였다.

"끼아아악!"

밖에서 들려오는 요란한 비명 소리와 병장기가 부딪치는 소리를 들을 수 있었다. 밖을 바라보니 그곳에는 순찰을 돌고 있던 병사들이 무고한 사람들을 죽이는 어떤 세력과 전투를 벌이고 있는 것을 볼 수 있었다.

'저들은……!'

발렌은 그들에게서 시선을 떼지 않았다. 리셋 되기 전 그를 죽인 이들의 복장과 비슷했기 때문이다. 복장은 거의 다 제각각이나 그들의 공통점이 있었다.

바로 늑대 모피를 걸치고 있다는 것이다. 얼굴은 늑대 얼굴로 가리고 피까지 발랐다. 기사들과 병사들이 고전하고 있는 것이 보였다.

'잠깐. 저들이 쳐들어오는 건 지금이 아니잖아!'

리셋이 되기 전 이 시간에는 오로라가 절정에 이르는 때기에 사람들이 모여 오로라가 펼쳐진 하늘에 별똥별이 떨어지는 모습을 구경했다. 그러나 이번에는 좀 달랐다. 녀석들의 공격 시기가 너무 이른 까닭이다. 같이 지켜보고 있던 포드의 눈이 커졌다.

"야, 야만족! 근 2년간 조용하던 녀석들이 드워필리지에 도대체 왜……! 아니지. 지금은 이럴 때가 아니야. 일단 피신하는 게 좋겠어."

포드가 재빨리 나무 창문을 이중으로 닫아걸고, 출입문에는 빗장을 걸어 누구도 들어오지 못하도록 굳게 닫았다. 그러고는 바닥에 깔린 카펫을 들췄다.

카펫을 들추자 어딘가로 통하는 비밀 통로의 문이 있었다. 보아하니 빚쟁이들에게서 도망치기 위한 비밀 통로인 듯싶었다.

발렌이 그를 붙잡았다. 포드는 자신을 붙잡은 발렌에게 신경질적으로 말했다.

"뭐야? 젊은 친구, 자네도 살고 싶으면 따라와!"

"잠깐만요. 저들은 도대체 누구죠?"

"덤빌 생각은 하지도 마! 저들은 바하족이야! 알았으면 빨리 와!"

"바하…… 족?"

그것이 정체불명의 세력의 정체인 것인가. 그러나 바하족이라고 해도 발렌은 여전히 그들이 누군지를 전혀 이해하지 못했다.

"바하족이 뭔데 그래요?"

포드가 이런 상황에서 우선순위가 뭔지도 모르고 계속 캐묻는 그를 신경질적으로 뿌리치며 비밀 통로와 연결된 문의 자물쇠를 열며 설명했다.

"야만족들 중 가장 무서운 놈들이지! 녀석들은 주술까지 쓴다고!"

"주술?"

"녀석들의 고유 마법이라고 생각해! 나도 그 외에는 잘 모르니까 더 묻지 말고! 자네 마법을 배웠다고 했지? 얼마나 대단한 마법사인지는 모르지만, 저놈들과 싸워도 힘을 제대로 못 발휘할 테니까 살고 싶으면 저놈들에게 덤빌 생각하지 마!"

"그건 또 무슨 소리세요?"

"녀석들은 다른 야만족들과 달리 주변의 마나를 뒤틀리

게 만드는 주술을 쓴다. 마법사나 기사들이 마나를 쓸 수 없으니, 제 힘을 발휘할 수 없어서 가장 고전하는 녀석들이지!"

그 말에 발렌이 지금까지 느꼈던 궁금증이 한 번에 해결되었다.

그가 리셋이 시작되기 전 마법을 사용하지 못한 것은 그들이 주술이라고 부르는 고유 마법을 사용하기 때문이란 것을.

이바나를 구하고, 드워필리지의 바하족을 물리쳐라.

목소리가 머릿속에 울려 퍼진다. 보나바르의 저주가 정체불명의 세력의 정체를 알아내기 무섭게 물리치라고 전달한 것이다. 발렌이 입술을 깨물었다. 마법을 쓰지 못한다고 하더라도 그는 이 임무를 해야 했다.

'빌어먹을 저주 같으니라고.'

발렌이 입술에 피가 나도록 깨물었다. 발렌이 대장간 한 구석에 놓여 있던 검을 든다. 최소한의 호신 용품이었다.

"아저씨. 무기 좀 빌릴게요."

"젊은 친구. 자네 무얼 하려고……."

"해야 할 일이 있어요. 아저씨는 얼른 피신하세요."

"이, 이봐!"

발렌이 뒤도 돌아보지 않고 출입문의 빗장을 열어 밖으로 나갔다. 포드가 붙잡을 새도 없이 순식간에 벌어진 일이다. 그는 따라가서 붙잡을 생각도 못 하고 이를 깨물었다.

"어리석은 친구 같으니라고!"

발렌의 어리석은 행동과, 말리지 못한 자신의 무능함에 치를 떨며 포드는 비밀 통로의 문을 열어 안으로 기어 들어갔다.

* * *

아무 집에나 침입해 닥치는 대로 죽이는 바하족들. 그들은 집에 쳐들어갈 때마다 엄청난 양의 금품을 보따리에 담아 나오고는 했다. 몇몇은 여자나 어린아이들을 끌고 나왔다. 그리고 일부는 자신이 죽인 자들의 머리를 손에 주렁주렁 들고 나왔다.

"이 야만적인 놈들!"

발렌이 그 모습에 치를 떨었다. 야만족들에 대한 이야기는 책으로 접했지만, 사람의 목숨을 취하는데 거리낌 없는 모습을 실제로 보니 왜 야만족이라고 하는지 알 수 있었다. 그들은 자신의 부족이 아닌 자들에게는 잔혹한 모습을 보이는 야만인이었다.

발렌의 마나 엔진이 빠르게 회전한다. 발렌의 손에서 마법이 날아갔다. 녀석들의 중앙에서 터져 피해가 컸다.

'뭐야, 이번에는 되네?'

마법을 사용할 수 있다면 녀석들과 싸워 볼 만했다. 녀석들의 사정거리에 닿지만 않는다면 쉽게 요격하는 게 가능했다. 발렌이 자신감을 얻었다. 바하족의 시선이 이쪽으로 집중되었다. 녀석들이 잔뜩 경계하며 무기를 겨눈다.

발렌이 앞으로 발을 내뻗는 순간이었다.

"Ma alre! Rea zainop!"

알 수 없는 언어가 녀석들에게서 들려왔다. 마치 캐스팅을 하는 듯한 느낌과 함께 주변의 대기가 불안정해지기 시작했다.

'마나의 움직임이…… 불규칙해졌어.'

허공에 떠돌며 물처럼 자연스럽게 흘러야 할 마나의 흐름이 이상해졌다. 그의 손에서 미물던 불길이 순식간에 요동치기 시작했다.

'포드 아저씨가 알려 준 주술이라고 하는 것을 쓴 건가!'

마법을 쓰려고 마나를 회전시키면 불안정하게 머물다

허공으로 흩어졌다.

캐스팅도, 마나의 배열도 제대로 하고 있는데, 대기가 불안정하니 마나가 그의 의지와는 상관없이 흩뿌려지는 것이다.

발렌은 녀석들의 표정이 변했다는 것을 느꼈다. 방금 전 경계하던 모습은 어디가고, 슬금슬금 여유롭게 다가오는 것이 느껴졌다. 이로써 확신했다.

'녀석들은 마법을 두려워한다. 하지만 마법을 사용하지 못하면 두려울 게 없다는 뜻이겠지.'

마법사가 마법을 사용하지 못하면 평범한 사람이나 다를 바 없다. 발렌이 들고 있는 롱소드도 녀석들에게는 큰 위협이 되지 않는 듯 보였다.

'일단 저놈을 잡아야 한다.'

주술은 아무래도 저 대장 격으로 보이는 자가 사용하는 모양이다. 손도끼나 탈취한 칼을 들고 있는 다른 야만족들과 다르게 저 녀석만 스태프를 들고 있었다. 주술도 마법과 다르지만 마법의 일종이다.

'저놈만 해치운다면 마법을 다시 사용할 수 있다는 뜻이겠지?'

하지만 어떻게? 바하족들은 혹시나 하는 상황을 대비해 몇몇은 대장 격인 자를 지키고, 나머지는 발렌을 향해 다가왔다. 마법을 사용하면 어찌어찌 저들을 쫓아낼 수 있겠지만, 마법을 사용할 수 없는 지금은 무리다.

'아니, 방법은 있긴 한데……'

발렌이 자신의 손가락에 끼워져 있는 아티팩트를 바라보았다. 탑주에게서 받은 아티팩트다. 이것을 사용하면 될 것이다. 대기를 불안정하게 해 마나 배열을 흩트려 놓으면 이를 새롭게 계산해야 하는 마법사는 마법을 쓰기 어렵겠지만, 아티팩트는 그와 상관이 없을 것이다. 발렌은 그리 판단했다.

'기회는 한 번 뿐!'

발렌이 손을 힘차게 내뻗었다. 거대한 화염구가 정확히 주술사를 향해 날아든다. 마법이 빠르게 날아들자 주술사의 동공이 커지고, 마법은 녀석에게 정확히 명중했다. 형체도 남지 않은 주술사.

대기의 마나가 다시 원래대로 돌아오는 것을 느끼며 그가 미소를 지었다.

그의 생각대로 아티팩트의 마법은 녀석들이 주술을 쓰든 말든 상관없이 사용할 수 있는 것이다. 주술사를 해치운 발렌. 녀석들이 당황해하는 게 보인다. 이제 해 볼 만하다고 생각했다. 그의 마나 엔진이 빠르게 회전했다. 강력하고 빠르게 녀석들을 섬멸시키고자 했다.

'이번 리셋은 한 번의 죽음으로 충분해!'

자신만만한 얼굴로 녀석들을 노려보는 발렌. 이바나도 피신했고, 주술사도 격파했다. 이제 남은 건 녀석들을 섬멸하는 것뿐!

뽀드득.

뒤에서 들려오는 눈 밟는 소리. 그의 얼굴이 잔뜩 굳어졌다. 그 소리가 점점 더 많아진다. 혹한의 날씨임에도 그의 얼굴에 땀 한 방울이 흘러내렸다. 발렌이 점점 늘어나는 인파를 보고 숨을 삼켰다.

"이건 반칙이잖아……."

길목마다 나온 늑대 모피를 걸친 바하족의 무리들이 어느새 활을 든 채 발렌을 포위하고 있었다. 그 숫자가 무려 백 명은 족히 넘었다. 그리고 그 안에 주술사가 두 명이나 더 있었다.

Chapter 06
발렌의 눈물

<바하족>

부족장: 알 수 없음.

규모: 최소 1,000명 이상으로 추정

위치: 세기어 왕국 미개척 동쪽의 깊은 숲 어딘가.

야만족들 중 가장 규모가 크고 영향력 있는 부족이다. 바하족의 언어로 바하는 늑대를 뜻하며, 그들은 항상 늑대 모피를 입고 전투에 임한다. 바하족의 전사는 일반 병사이다. 주술사는 고유 마법을 사용하여 뒤에서 지원하며 소대장, 혹은 중

대장의 역할을 한다. 세기어 왕국과 매우 적대적인 관계다. 침략을 자주해 약탈, 납치, 파괴, 살인, 방화 등을 일삼는다. 바하족은 야만족들 중 가장 전투적이고 잔혹한 부족이며, 같은 야만족들끼리도 자신들의 부족원 외에는 적대적인 경향을 보인다. 눈에 보이는 적들은 끝까지 쫓아가서 잡을 정도로 집요하다.

―『북부의 야만족』中 발췌―

* * *

밖보다 비교적 따뜻하지만 눅눅한 공기가 주위에 맴돌고 있다. 발렌의 눈이 서서히 떠지다가 낯선 환경에 눈을 번쩍 떴다.

"여긴 어디지?"

그는 잠시 멍한 상태로 있다가 주변을 인식했다. 이곳은 동굴이었다. 아주 넓고, 아무것도 없는 동굴이다. 그는 아무것도 없는 빈 공간에 앉아 있었다. 그가 앉아 있는 곳은 장작을 가득 쌓은 곳 위였다. 등에 통나무를 대고, 그곳에 쇠사슬로 묶여 있다. 마치 마녀 사냥을 당하는 사람과 같은 모양새였다.

그러나 그는 곧 자신 말고 다른 이들도 함께 있다는 사실을 인지했다.

"……사람?"

아니, 인간만이 아니다. 드워프도 자신들처럼 묶여 있었다. 대부분이 목 없는 시체이고, 거의 다 죽어 가는 듯 힘들게 숨을 몰아쉬고 있는 자들도 수두룩하다. 이곳에서 멀쩡한 사람은 발렌 한 명뿐이었다. 이런 광기 어린 장소에 자신이 왜 있는 것인지 여전히 오리무중이다.

철그렁!

발렌은 자신의 몸이 쇠사슬로 묶여 있다는 것을 인지했다. 그는 왜 이곳에 있는지 상황을 생각한다.

'끌려온…… 건가?'

북부의 야만족은 전투를 벌인 자들은 포로로 두지 않는다고 하지 않았던가? 그런데 자신을 포로로 둔다는 것이 가장 의아했다.

그가 무슨 일인지 감을 잡지 못하고 있는 와중이었다. 갑자기 그의 옆으로 횃불 하나가 바짝 들이밀어진다.

갑작스러운 밝은 빛에 발렌이 인상을 찌푸리며 시선을 회피한다. 그리고 그는 볼 수 있었다. 바하족의 전사가 그가 일어난 것을 확인하기 위해 횃불을 가까이 들이민 것이다.

"Da denro ma shilla!"

바하족의 전사가 부족 언어로 뭐라고 소리친다. 곧 사람들이 몰려왔다.

'뭐야, 이 숫자가 정말 바하족의 규모라고?'

얼추 보이는 인원만 수백 명이다. 그중 어린아이와 여자들도 포함되어 있었고, 바하족의 전사들도 있었다. 전부 모이지 않았으리라 생각했을 때, 바하족의 규모는 상상 이상이라고 봐도 되었다.

"너. 잡았다. 우리가."

대륙어를 할 수 있는 야만족 전사다. 띄엄띄엄 특정한 단어로 말하고 있지만 이해하는 데 어렵지 않았다.

철그렁!

"뭐야, 도대체. 날 왜 끌고 온 거야?"

"마법사. 우리의 적이다. 우린 포로 안 둔다. 죽인다. 기다려라. 조금 있으면 편해진다."

야만족 전사는 대륙어를 할 수 있지만 완전히 구사하지는 못하는 듯 보였다. 발렌의 질문에 능수능란하게 대답할 만큼 어휘력이 뛰어나지 않았다. 그러나 대충 녀석이 하고자 하는 말이 무엇인지 짐작하고도 남았다.

'포로를 안 두고, 마법사는 적이니 조금 있으면 날 죽이겠다 이거로군.'

녀석들에게 포로에 대한 대륙법을 설명해 줘도 소용이 없을 것이다. 애초에 야만족에게 그런 걸 기대하는 사람이 바보다. 살려 달라고 빌어 봤자 소용없다. 녀석들은 같은 인간이라고 하더라도 생각 자체가 다른 녀석들이다.

"mae vi asi! di parla!"

입으로 새소리를 내기 시작했다. 곧 그 신호와 함께 부족원들이 하나둘 모이기 시작했다. 발렌은 생각보다 많은 인원에 놀라고 있었다. 전사와 어린아이들, 그리고 어린아이들의 부모들까지. 얼추 세어도 수백 명은 족히 될 인원이 모이기 시작하니 순식간에 북적거렸다.

"우리는 실행한다. 지금부터 의식을."

"뭐? 의식? 무슨 의식을?"

녀석은 그에 대한 대답을 해 주지 않았다. 그저 또 다른 새소리를 내며 신호를 줄 뿐이다. 곧 인파가 축제를 벌이듯 뭐라고 떠들어 대기 시작했다. 곧 그 무리 안에서 두 명의 바하족 전사가 누군가를 끌고 왔다. 끌고 온 이를 보고 발렌의 눈이 휘둥그레졌다.

"이, 이바나 씨?!"

발렌의 눈동자가 커졌다. 분명 드워필리지와 떨어진 곳으로 피신시켰는데 이바나가 여기에 왜 붙잡혔단 말인가!

발렌이 이바나를 애타게 불렀지만, 그녀는 시선만 이리

저리 움직이며 그저 웃고 있었다. 약물을 먹었거나, 환각 상태에 빠뜨리는 마법에 걸린 것처럼 보였다.

"이 여자. 우리가 잡았다. 여관에서."

여관? 그녀가 여관으로 돌아왔었다는 말인가?

'이런 바보 같은!'

발렌은 그녀가 왜 여관으로 되돌아왔을지 짐작했다. 이유는 간단했다. 발렌이 하도 오지 않으니 그를 찾다가 봉변을 당한 것이다.

"이 여자 제물이다. 이 여자 마법사다. 근데 약했다. 하지만 마법사다. 그래서 우리는 바친다. 제물을. 전투 전에."

"뭐?"

"우린 공격한다. 세기어 대부족을. 그들은 적이다. 옛날부터 우리의. 그들을 없앤다. 마법사와 기사 죽인다. 연금술사는 예외다. 그들은 이용한다."

"무슨 소리냐고 그게! 알아듣게 똑바로 얘기해!"

그러나 바하족 전사는 자신의 말만 하고 더 이상 대답하지 않았다. 발렌의 말을 이해하지 못한 것 같지는 않지만, 굳이 그가 이해할 수 있도록 배려할 생각이 없는 것 같았다.

녀석이 신호를 하자, 곧 그의 앞에 이바나의 무릎을 꿇리고, 이마를 땅에 대게 했다.

 한 명은 이바나의 머리를 붙잡고, 나머지 한 명은 피 묻은 도끼를 든 채 그 옆에 선다. 도끼를 든 녀석의 몸은 이미 피칠갑이 되어 있었다. 안 봐도 뻔하다. 이곳의 목 없는 시체들. 전부 녀석의 도끼에 베인 것이다. 무슨 짓을 하려는 건지 짐작한 발렌이 소리쳤다.

 "이 새끼들아! 그 더러운 손으로 이바나 씨에게 손대지 마!"

 "아니, 우린 바쳐야만 한다. 우린 신께 바친다. 이 여자를. 우리는 승리한다. 세기어 대부족과 전쟁에서."

 녀석이 손을 아래로 내리자 집행인이 도끼를 번쩍 쳐들어 올린다.

 "하지 마!"

 그러나 녀석들의 도끼는 더욱 높이 치켜 세워졌다.

 "하지 말라고, 이 빌어먹을 새끼들아!"

 발렌의 외침이 덧없이 허공에 울리고, 바하족 전사는 거침없이 도끼를 내리친다. 순간 시간이 정지한 것처럼 느껴질 정도로 발렌은 그 자리에 석상처럼 굳어졌다.

 이바나의 육신이 딱딱한 동굴 바닥에 쓰러졌다. 바로 그의 밑으로 이바나의 얼굴이 굴러왔다. 발렌의 동공이 쉴 새 없이 떨렸다.

"바하족……!"

뿌득! 뿌득!

발렌이 이를 갈며 무서운 살기를 내뿜었다. 동굴 가득 발렌의 살기가 잠식한다.

"죽여 버리겠어! 이 개새끼들아!"

그의 머리와 눈동자가 빨갛게 물든다. 참을 수 없는 분노에 마나 엔진이 그의 제어를 벗어난 것이다. 동굴 가득 그의 살벌한 기운이 퍼져 나갔다.

그에 바하족 어린아이들이 울음을 터트리고, 여성들이 도망쳤다. 그러나 그것도 곧 잠잠해졌다.

무리들 속에 있던 바하족 주술사가 다시금 이 주변의 마나 유동을 불규칙하게 만든 것이다.

마나 엔진은 여전히 맹렬히 회전하고 있으나, 마법을 쓸 수 없다는 것만큼은 변하지 않았다.

퍽!

바하족 전사 한 명이 다가와 발렌의 머리를 몽둥이로 후려쳤다. 그의 머리가 찢어지며 피가 치솟는다. 바하족 전사들이 몰려와 일제히 발렌을 밟았다.

녀석들의 구타가 멈춘 것은 통역하는 녀석이 제지한 이후였다. 발렌도 어느새 머리와 눈동자가 원래의 색으로 변해 있었다.

"이바나…… 씨……."

왈칵 눈물이 쏟아졌다. 아무것도 하지 못한 자신이 원망스럽고, 이바나를 죽게 만든 것도 원망스러웠다.

발렌을 밟았던 바하족 전사들이 이바나의 육체를 발렌의 옆으로 던졌다. 그리고 통역을 하는 바하족 전사가 이바나의 머리를 든 채 그에게 한 마디 했다.

"적의 목. 우리가 가진다. 넌 신께 바친다."

녀석의 신호에 바하족 전사들이 횃불을 가지고 와 그가 앉아 있던 장작더미에 불을 붙인다. 장작이 활활 타오른다.

환기할 공간이 없는 동굴 가득 매캐한 연기가 순식간에 차오르기 시작한다. 녀석들은 발렌을 버려두고 노래를 부르며 밖으로 나간다.

"죽여 주마."

발렌의 눈동자가 빨갛게 충혈되었다. 활활 타고 있는 와중에 발렌은 녀석들을 저주하고, 반드시 이에 대한 복수를 할 것임을 다짐했다.

"다시 살아나서 반드시 너희들을 전원 몰살시켜 주마!"

화마가 그의 전신에 번졌다. 그럼에도 그는 비명을 지르지 않았다. 고통을 느끼기에는 분노가 너무 컸다.

그는 죽기 전까지 바하족들에 대한 살의를 담아 저주와

분노를 담아 소리쳤다.

*   *   *

 풍경이 변했다. 발렌의 눈에 다시금 평화로운 드워필리지의 광경이 펼쳐졌다.
 털썩!
 "발렌, 왜 그래?"
 발렌은 이바나를 보고서 다리에 힘이 풀렸다. 그리고 이바나는 그가 갑자기 자리에 주저앉자 놀란 마음에 그에게 다가왔다가 깜짝 놀라고야 말았다.
 "이 땀 좀 봐. 어디 아파?"
 이바나는 손수건을 꺼내 발렌의 이마를 닦아 주었다.
 손수건이 홀딱 젖을 만큼 그는 땀을 쏟아 내고 있었다. 갑작스러운 그의 변화에 안내인도 놀라기는 마찬가지다. 발렌은 거친 숨을 내쉬다가 고개를 저었다.
 "아, 아무것도 아니에요. 전 괜찮으니까 걱정하지 마세요."
 "아무것도 아니긴. 그리고 이게 어딜 봐서 괜찮다는 거야! 아프면 아프다고 하지."
 이바나는 일단 그를 일으켜 세우고 안내인에게 이 근처

에 교단이 있는지 물었다.

"드워필리지에는 바덴 교단밖에 없습니다. 바덴 교단은 치유를 기대하기 힘드니 치유를 받으려면 바이레드에 있는 알테미아 교단으로 돌아가야 합니다."

기껏 드워필리지에 왔는데 다시 수도로 돌아갈 판이다. 이바나는 그래도 안전이 우선이라고 생각해 뒤도 돌아보지 않고 다시 바이레드로 가자고 하려던 찰나였다.

"아직도 기후 변화에 익숙해지지 않은 것 같네요. 조금만 쉬면 괜찮아질 거예요."

"발렌. 드워필리지에 왔다고 혹사시키면 안 돼. 보고 싶은 마음은 이해하지만 일단 몸이 우선이니까."

"아뇨, 전 괜찮아요. 너무 설레서 긴장했더니 이리 된 것 같네요."

"네가 무슨 어린애니?"

이바나가 기가 찬 얼굴로 그를 바라보았다. 가끔씩 어딜 간다고 하면 잔뜩 긴장해서 배가 아픈 어린애들은 어렵잖게 찾아볼 수 있지만 설마 다 큰 성인이 그런 이유로 아플 것이라고는 생각도 못 했기 때문이다.

"정말 못 견디겠다 싶으면 말씀드릴게요."

"고집은. 알았어. 그럼 정말 안 되겠다 싶으면 꼭 말해야 돼. 알았지?"

발렌이 그러겠노라고 고개를 주억였다.

*　　　*　　　*

드워필리지 방문 첫째 날로 되돌아온 발렌은 공방에 들르지 않고 여관에 머물기로 했다.

그는 방에 놓인 침대에 누워 천장을 바라보며 생각에 잠겼다.

'야만족들의 공격 시기가 앞당겨진 것인가? 그렇다면 왜?'

그러한 생각을 할 수밖에 없었다. 일러도 새벽에 시작되었을 공격이 왜 전날 저녁부터 시작되었다는 말인가.

도저히 납득이 되지 않았다. 분명 녀석들이 뭔가를 알아챈 게 틀림없다.

'가장 가능성 있는 것이라면 내가 알린 소식이 녀석들의 귀에 들어간 것이 유력한데……'

녀석들이 이곳에 정보원을 배치해 둘 가능성은 얼마든지 있다. 그리고 그 소식을 전해 들은 직후 바로 공격을 감행했을 가능성도 있었다.

'그나저나 세기어 왕국과 전쟁을 하겠다라……'

대체 녀석들이 원하는 게 뭔지 모르겠다. 부족 치고 규모가 큰 편이기는 하나, 한 나라를 상대로 싸우기에는 턱없이 부족한 것도 사실이다.

세기어 왕국도 부족으로 시작했지만 지금은 한 나라로 인정받은 국가다. 국력 또한 야만족과 비교할 수 없을 정도로 성장했다.

세기어 왕국과 굳이 싸우려는 이유는 모르겠으나, 녀석들은 전쟁을 원했다.

'일단 그 문제는 뒤로 물리자.'

세기어 왕국과 바하족이 무슨 원한 관계가 있는지 모르지만 분명 뭔가가 있어 전쟁을 일으킨다고 하는 것이리라. 이런 세세한 문제는 잘 모르기 때문에 이에 대해서는 생각하지 말자고 생각했다.

'이곳은 소문이 너무 빠른 게 문제로군.'

일단 이에 대한 사실을 알리는 건 변함이 없다. 일단 처음 서신을 보낸 것에 보태서 바하족이 침략할 것이라고 경고를 해 두고, 공격 시간이 또 변동될 가능성이 있으니 몇 시간 전에 알리도록 하기로 했다. 녀석들이 소문을 듣고 또 이상한 시기에 공격을 해 올 수 있으니까.

'난 녀석들보다 한 수씩 앞서간다.'

녀석들이 한 수를 내다보면 발렌은 경험을 통해 한 수, 두 수를 앞서간다. 발렌이 주먹을 꽉 쥐며 이제 그들을 어떻게 처리할지 고민했다.

'주술사를 처리하기 위해서는 새로운 수단이 필요해.'

마법을 쓸 수 없도록 방해하는 녀석이다. 마법을 쓰면 큰 피해를 입히거나 시간을 끌 수 있다. 주술사를 해치워야 어느 정도 이길 가능성이 생긴다.

'우선순위는 주술사다.'

야만족들은 마법사를 두려워한다. 그러니 마법만 쓰지 못하게 만들면 녀석들은 득달같이 달려든다. 마법을 쓰지 못하는 마법사를 두려워할 이유가 없으니까. 거기다 주술사의 곁에는 항상 부하들이 있다.

근접전에서는 발렌이 무조건적으로 불리하다. 검을 주로 사용하는 사람도 아니고, 체력적으로도 약하다. 아니, 제아무리 레딘이나 아루스라도 그 많은 인원을 상대로 무투기나 오러를 사용하지 못하면 이기기 힘들 것이다.

'활을 쓸까?'

고민해서 생각한 것이 마법을 제외하고 주술사를 처리할 방법은 화살을 쏘는 것이었다.

'아냐, 활을 써 본 적이 없는데 쓰나 마나지.'

활도 써 본 사람이나 쓰지, 잡아 본 적도 없기에 포기하기로 했다. 발렌은 고개를 저으며 다른 수단을 찾기로 했다. 주술사를 잡기 위해서는 원거리에서 녀석을 처리할 방법이 필요하다.

"……하나 있잖아."

곰곰이 생각하던 발렌은 당장 자리에서 일어나 여관 밖으로 뛰쳐나갔다.

* * *

"실린더를 네게 팔라고?"

발렌이 찾아간 곳은 바로 포드의 집이다. 지금은 가동하지 않고 있는 대장간. 바하족들을 이기고자 발렌이 생각해 낸 것은 바로 실린더였다.

그것만 있다면 바하족 주술사들을 처리하는 데 큰 도움을 줄 것이라 생각했다.

"어디서 들은 건지 모르지만, 아직 납품할 계획은 없는데. 내일 공방에 가서 납품 계약을 할 거니까."

포드는 내일 있을 일에 대해 하나도 모른 채 자신만만한 얼굴이었다. 내일이 되면 저 얼굴도 곧 좌절로 변하게 될 것이라는 걸 아는 발렌이었다.

"아직 계약이 이루어진 건 아니잖아요. 전 실린더의 가능성을 믿고 미리 구입하려고 그러는 건데요."

"파는 거야 상관은 없는데, 마치 상인처럼 말하는군?

게다가 처음 보는 낯짝이고. 애초에 자네는 외지인 아닌가?"

상인이라면 그러려니 하고 팔 수 있는데, 상인도 아닌 것 같은 자인 데다 옷차림도 세기어 왕국민과는 달랐다. 당연히 경계할 수밖에 없었다.

"예, 전 상인도 아니고, 외지인이에요. 하지만 그 실린더가 필요해요."

"흠……."

포드는 발렌의 눈을 계속 뚫어져라 바라보았다. 발렌은 그와 눈이 마주치고 자신의 품을 뒤져 돈주머니를 꺼냈다. 그리고 그 안에서 은화를 꺼냈다.

"제가 가진 돈은 3실버가 전부예요."

"내가 돈 때문에 바라본 줄 아나? 그냥 네가 왜 필요한지 궁금해서 바라본 것뿐이야. 뭐, 타국에서 이에 대해 알아내려고 하는 스파이라고 하더라도 문제는 없겠지. 이것을 분해해서 알아내기도 힘들고, 알아낸다고 하더라도 강도가 달라 마정석의 폭발에 이기지 못할 테니까."

포드도 왕국민인 터라 자신의 기술이 타국에 멋대로 전해지는 것은 싫었던 모양이다. 그 때문에 남들은 모르는 여러 가지 기법을 사용해 만들었고, 자신이 만든 것처럼 제작하지 못하리라 확신하고 있었다.

"그냥 원가에 가져가. 어차피 넘치고 넘치는 거니까. 하나에 1실버다."

발렌이 은화 하나를 포드에게 건네주었다.

"그런데 이걸 어디에 쓰게?"

"쓸 일이 있으니까요."

"그래, 어딘가 쓸 일이 있으니 이걸 사 가는 거겠지. 뭐에 쓰려는 건지 내가 신경 쓸 바는 아니지만, 너의 눈빛을 보면 그냥 넘어갈 수가 없거든."

"제 눈빛이 어때서요?"

"담담한 것도 같지만, 마치 살인에 굶주린 살인귀의 눈빛이야. 아니, 살인귀가 아니라 누군가에 대한 복수를 원하는 눈빛에 가까워 보이는군."

"……."

그렇게까지 티가 났나. 숨긴다고 숨겼는데, 포드의 눈썰미는 상상 그 이상인 듯싶다.

"대장장이질로 먹고 살다 보면 대충 사는 사람의 의도를 짐작할 수 있거든. 부기를 사려는 이가 무슨 용도로 구입하려는지 말이야. 대장장이들이야 무구점에 납품하든 누구에게 팔든 상관하지 않지만, 너처럼 숨겨진 살의를 보면 그냥 넘어가기 힘들어."

"괜한 오지랖이에요."

발렌 스스로도 놀랄 만큼이나 차가운 반응이다.

"그래, 괜한 오지랖이지. 어차피 나한테 올 칼날도 아닌데 무슨 상관이냐."

포드는 머리를 긁적였다.

'젊은 녀석이 무슨 원한이 이리 깊어 눈빛이 살벌한 거냐.'

남들이 볼 때는 모를 수 있지만, 한때 야장으로 불렸던 포드의 눈썰미를 속이지는 못했다. 그는 마치 일생일대의 원수에 대한 복수심을 불태우는 것처럼 눈빛에 숨겨진 살의가 가득했다.

"어쨌든 가지고 있는 마정석은 충분하니 잘 사용할게요."

"그래. 무슨 일을 할 때는 냉정히 생각하고, 판단해. 옳고 그른지 잘 생각하고……."

포드가 말을 마치기도 전에 발렌이 밖으로 나가 버렸다. 그는 쯧! 하고 혀를 찼다.

처음 보는 이에게 오랜만에 오지랖 좀 부렸더니 냉정히 그냥 가버린다. 예의를 물에 말아 먹었나 생각할 정도로 냉정한 반응이다.

"남의 일에 무슨 상관이랴. 복잡한 사정은 누구나 있는 거겠지."

포드가 의자에 앉아 기지개를 했다. 그러다가 문득 그는 의문이 들었다.

"어떻게 사용하는지 내가 말해 줬던가?"

포드는 말해 준 기억이 없어 고개를 갸웃거렸다.

* * *

리셋이 되고 삼 일째. 발렌은 드워필리지에 와서 숙소 밖으로 잘 나가지 않았다. 대신 그는 그동안 만반의 준비를 마쳤다.

'실린더도 얻었고, 아티팩트도 마지막 한 발 남았어. 문제는 마정석인데, 이바나 씨의 짐에 마정석이 있으려나?'

그건 직접 확인하기 전까지는 알 수 없는 법. 이바나라면 가지고 왔을 확률이 높지만 그래도 없다면 곤란한 것도 사실이다.

결전의 시간까지 앞으로 몇 시간.

마정석을 구할 시간이 없어 제발 이바나가 가지고 왔기를 비는 수밖에 없었다.

'없다면 치고 빠지는 전술로 가야 하겠지?'

발렌이 아티팩트를 손으로 부드럽게 문질렀다.

탑주가 준 아티팩트다. 앞으로 한 발. 파이어 볼 한 번으로 이 아티팩트는 이제 명을 다할 것이다.

수많은 일이 있었으면서 지금까지 꽤 오랫동안 사용했구나 싶었다.

"발렌. 식사하자."

이바나가 먼저 발렌을 찾아왔다. 최근 발렌의 상태가 좋지 않아 잠시 수행인의 임무를 내려놓게 하고 그를 챙기고 있는 것이다. 이바나도 아랫사람을 함부로 굴리는 위인이 아닌 데다 발렌을 벗으로 생각하고 있어 이리 행동하고 있는 것이다. 그것이 고마우면서도 미안했다.

"전 괜찮아요."

발렌은 식사할 생각이 전혀 없었다. 바하족과 싸울 때까지 고작 몇 시간 밖에 남지 않아 입맛이 싹 달아났다.

"그, 그래?"

이바나는 고작 며칠 사이에 퀭하게 변한 그의 분위기에 적응하지 못하고 있었다.

"근데 어제도 끼니를 걸렀잖아. 입에 안 맞아서 그런 거야? 마침 드워필리지에 바올라 제국의 요리를 만드는 식당이 있다고 하니까 거기에 가 보자."

"아뇨. 그저 입맛이 없을 뿐이에요. 나중에 생각나면 제가 따로 챙겨 먹을게요."

발렌이 웃어 보였다. 그러나 그 미소를 보고 이바나는

안쓰러운 듯 그를 바라보았다.

"너 뭔가 무리하고 있는 것 같아."

"제가 무리할 일이 뭐가 있다고 그러세요?"

"없지. 없어. 하지만 너 그거 알아?"

"뭐가요?"

"너 드워필리지에 오고서 단 한 번도 진심으로 안 웃었어."

억지로 웃어 보이기는 했어도 단 한 번도 마음에서 우러나오는 미소를 보이지 않은 발렌이다. 항상 곁에서 그를 지켜보던 이바나는 그것을 바로 알게 된 것이다.

"항상 웃던 네가 갑자기 성격이 확 바뀐 것처럼 망가진 것 같아. 눈빛도 분명히 달라졌고. 마치 살의를 품은 사람 같아. 분명 드워필리지에 오기 전까지는 멀쩡했는데 말이야."

"……."

"무슨 일인지는 모르지만, 분명 내게 말 못할 뭔가가 있는 거지?"

"……."

발렌은 아무 말 없이 침묵했다. 침묵은 곧 긍정이라고 하던가. 이바나는 그의 고민을 들어줄 필요가 있다 생각했다. 그러나 발렌은 그녀가 말하기 전에 입을 열었다.

"이바나 씨."

"왜?"

뭔가 말하려는 것이 있는 건가. 무슨 말을 할지 기다리고 있는 그녀는 전혀 예상치 못한 말을 들었다.

"오늘이 오로라의 절정이라고 하는데, 보러 가실래요? 인적이 거의 없는 곳이고, 고요해서 밤하늘을 볼 맛이 나는 곳을 제가 찾아 놓았거든요."

"어? 어, 어…… 그, 그래."

이바나는 자신도 모르게 그의 의견에 수락했다.

      *   *   *

"여기에 모닥불을 피워 두시고, 차까지 끓여 마시면 될 거예요."

포드가 추천해 줬었던 장소에 다시 온 발렌. 그는 모닥불 피우고, 그 주위에 앉을 자리를 마련하며 차를 끓일 도구들을 내려놓았다.

거의 야영을 생각하고 왔기에 주변에 천막까지 쳤다. 이바나가 다시 여관을 돌아오는 것을 방지하기 위해서다. 발렌이 이렇게 하고 싶다고 하여 여관을 두고 이곳에서 야영을 택한 것이다.

이쯤 되면 화를 낼 법도 한데, 이바나는 발렌의 상태를 생각해 어리광을 다 들어주고 있었다.

'이 일이 잘 해결되면 이걸로 몇 년이고 놀리겠지.'

그래도 차라리 그게 낫다. 발렌은 최선의 선택을 한 거니까. 최악의 결말을 최선의 결과로 만드는 것이야말로 그가 바라는 일이고, 해야 할 일이니까.

여러 가지 물품을 내려놓은 발렌이 가지고 온 물품을 확인하다가 아차 했다.

"이런. 모포를 안 가지고 왔네요."

발렌은 곤란한 얼굴로 머리를 긁적였다.

"잠시 기다려 주시겠어요? 금방 가지고 올게요."

"발렌."

"예, 이바나 씨."

"무리하지 마. 그저 쉬려고 온 거잖아."

"무리 안 한다니까요."

발렌이 애써 웃었지만, 이바나의 얼굴은 좀처럼 펴지지 않았다. 걱정스러운 눈으로 계속해서 바라보는 그녀. 그 표정을 보고 죄스러운 마음이 들었다.

그러나 약해질 수 없다. 그는 일단 고개를 주억였다. 발렌은 다시 한 번 금방 갔다 오겠다고 하고서 마을 쪽으로 사라졌다.

이바나는 한숨을 내쉬며 타닥타닥 불이 붙은 모닥불 앞에 앉아 가만히 불을 쬐었다.

* * *

여관으로 돌아온 발렌은 즉시 이바나의 방으로 들어갔다. 그녀의 방에는 그녀가 가지고 온 짐들이 한가득 있었다. 그는 짐을 뒤졌다.
'역시 있었어.'
발렌은 이바나의 짐에서 폭발석과 전류석 등 각종 실험품이 있는 것을 보고 환하게 웃었다. 마정석으로 만든 실험품.
실제로 이것을 마도구 공방에 알리며 냉정한 평가를 받았다. 좋지도, 나쁘지도 않은 반응이었다고는 하지만, 그래도 만족할 만한 평가였다고 했던가?
'이게 실린더에 사용할 수 있는 거라고 했지?'
포드와 친해졌던 저번 리셋 때 이바나가 실린더에 자신이 개발한 실험품을 쓸 수 있다고 했었다. 성능이 얼마나 대단한지 모르지만, 그래도 꽤나 만족할 만한 성과라며 떠들어 댔었다. 그때 그녀의 기쁜 표정을 생각하니 절로 미소가 피어올랐다.

'아냐, 지금 그런 사치스러운 생각이나 할 때가 아니야.'

이제 곧 시작된다. 녀석들이 곧 들이닥칠 것이다. 발렌은 그녀의 짐 속에서 마정석들을 잔뜩 챙겼다.

일이 잘 해결되면 나중에 이바나에게 몰래 짐을 뒤졌다고 사과하자. 지금은 먼저 해야 할 일이 있으니까.

발렌은 다시 자신의 방으로 돌아와 꼭꼭 숨겨 두었던 실린더를 찾아 손목에 착용했다. 착용 직후, 실린더의 뚜껑을 열었다.

그 안에 마정석을 넣고 다시 뚜껑을 닫아 손잡이가 안 돌아갈 때까지 돌렸다. 철컥! 하는 소리와 함께 손잡이가 더 이상 돌아가지 않았다. 이게 장전의 끝이다.

'돌려서 완전히 고정시키는 데 몇 초나 걸렸지?'

꽤 길었던 것으로 기억한다. 대략 50~60초 정도? 1초가 아까운 실전에서 그 시간은 분명 너무도 길었다. 그만큼 성능이 좋기를 바랄 뿐이다.

'좋아, 이제 거의 시간이 됐어.'

발렌의 눈빛이 살의로 빛났다. 지금까지 가만히 묵혀 두었던 살의가 일제히 터져 나오는 것 같았다.

그가 여관 밖으로 나가자 멀리서 비명 소리와 인위적으로 내는 새소리가 들려왔다.

'녀석들이다!'

발렌이 그쪽으로 향해 내달린다.

　　　　＊　　　＊　　　＊

"발렌 얘는 왜 이렇게 안 오는 거야?"

이바나가 짜증 섞인 얼굴로 팔짱을 낀 채 지면을 발로 탁탁 때렸다. 모포를 가지고 온다고 해 놓고 벌써 몇 시간째 오지 않아 짜증이 난 것이다.

한창 그가 말한 대로 정말 아름다운 절경이 눈앞에 펼쳐지고 있는데, 정작 같이 오자고 했던 당사자가 오지 않는 까닭이다.

별똥별이 쏟아지고, 최고의 오로라가 펼쳐진 밤하늘. 안내인의 말에 따르면 30년에 한 번만 볼 수 있는 진귀한 풍경이다. 거기에 별똥별이 떨어지는 건 천 년에 한 번 있을까 말까 한 일이라고 한다.

오늘이 바로 천 년에 한 번 있을까 말까 한 진귀한 풍경이라는 뜻이다. 이건 지금 보지 않으면 평생 보지 못할 일이라는 뜻도 되었다.

천 년 후의 후손이나 볼 수 있는 광경이다. 눈앞에 두고 이런 절경을 보지 못하는 건 큰 손해라는 뜻이다.

"시간은 많으니 기다려 보도록 하지요. 여기 홍차 끓여 두었습니다."

안내인이 끓인 홍차를 이바나에게 건네주었다. 그녀가 감사하다 인사하며 홍차를 한 모금 음미했다. 그러나 분명 발렌이 가지고 온 홍차인데 맛이 이렇게 다를 수 있나 싶을 정도로 별로였다.

홍차 끓이는 법을 어깨너머로만 보았던 안내인. 당연히 직접 끓여 본 경험이 적기 때문에 제대로 끓이는 법을 모를 수밖에 없었다. 아무리 좋은 찻잎을 써도 끓이는 방법이 다르면 맛이 다를 수밖에 없었다.

'발렌이 홍차를 잘 끓이는데.'

발렌은 자신의 시종들보다 차를 잘 끓였다. 심지어 엘리즈도 그 점은 분명히 인정했다. 철저히 훈련을 받은 시녀들보다도 그가 차를 잘 끓여 깜짝 놀랐던 엘리즈다.

세기어 왕국의 왕성으로 오기 전 발렌이 끓인 홍차를 마신 아루스조차 놀랄 정도로 잘 끓이지 않았던가. 그래도 아쉬운 대로 이 홍차를 마시는 이바나였다.

'오기만 해 봐. 가만 안 둘 테니까.'

어떻게 그를 혼낼까 고민을 하는 이바나. 한참 그렇게 생각하다 멀지 않은 곳에서 인기척이 들려왔다. 밤하늘이 밝아 이쪽으로 뛰어오는 익숙한 인영을 볼 수 있었다. 그

인영은 발렌의 것이다.

 왜 이렇게 늦었냐고 타박할 준비를 마친 이바나는 일단 분위기부터 잡자고 생각하며 그쪽에서 시선을 거두고 등을 돌렸다. 잔소리를 하기 전에 최대한 그에게 미안한 감정이 들게 만들려는 것이다.

 "바, 발렌시아 님? 도대체 어찌 된 일입니까?!"

 근처까지 다가온 발렌을 보고 안내인이 소스라치게 놀라 말하자 이바나는 심상치 않다고 느끼고 고개를 돌렸다. 그녀도 안내인 못지않게 놀라고야 말았다. 그의 옷은 여기저기 찢어져 있고, 붉게 물들어 있었다. 발렌은 온몸이 피투성이였다. 베이고, 찔리고, 그리고 팔 한쪽이 비어 있었다.

 "너, 너 파, 팔이 왜 그래?! 도대체 누가 이런 거야!"

 이바나의 눈동자가 커졌다. 발렌의 팔 한쪽이 보이지 않았다. 당장 치유하지 않으면 생명을 장담할 수 없을 정도로 출혈까지 심했다. 안내인이 기겁하며 자신의 외투를 찢어 급한 대로 그의 팔을 묶었다.

 "이바나 씨. 얼른 피하세요."

 발렌은 힘없이 말했다. 슬슬 몸에 힘이 풀리려고 한다. 죽음이 임박했음을 어렵지 않게 알 수 있었다.

 '역시 혼자서는 무리였어.'

주술사 두 명은 아티팩트와 실린더로 어떻게든 처리할 수 있었지만, 나머지 한 녀석은 어떻게 해결할 방법이 없었다. 실전에서 거의 1분에 육박하는 시간은 너무나도 길었다. 다행이라고 할까. 그는 병사들과 기사들이 도착해 싸우는 동안 빠져나올 수 있었다. 하지만 그때 나타난 병력은 주병력이 아니었다. 그들은 드워필리지의 주민들을 피신시키기 위한 시간을 벌려고 온 것이다.

그들도 그것을 알고 있던 모양인지 그중 일부가 발렌을 추격했다. 그리고 정신없이 도망치다보니 이쪽으로 오게 되었다.

그는 또다시 본능대로 가장 안전하다고 생각되는 곳으로 오게 된 것이다.

'이런 바보 같은 실수를 또 하다니. 얼른 이바나 씨를 피신시켜야 해.'

발렌은 자신을 책망하면서 그녀를 피신시키는 것을 중점으로 두었다. 자신이 살아야겠다는 생각보다 그녀를 살려야 한다는 생각이 강했다.

"이바나 씨. 얼른 달아나세……."

쉐에엑―!

말을 하던 중 바람을 가르는 소리가 발렌의 고막을 자극했다. 심상치 않은 소리에 발렌이 어디서 힘이 난 것인지 그녀를 밀쳤다.

 발렌의 힘에 이바나가 엉덩방아를 찧고 말았다. 그리고 문득 자신의 얼굴에 뜨거운 무엇인가가 튀었다는 걸 느낄 수 있었다.

 손으로 얼굴에 묻은 무언가를 닦아 냈다. 랜턴의 빛으로 그녀는 자신의 얼굴에 튄 것이 무엇인지 볼 수 있었다. 새빨간 물. 이바나의 동공이 커지며 고개를 들어 그를 바라본다. 그녀의 동공이 쉴 새 없이 떨렸다.

 "컥! 커억!"

 발렌의 입에서 피가 왈칵 쏟아졌다. 아니, 그것보다 더 충격적인 장면이 눈에 들어왔다. 몇몇 화살이 발렌의 몸에 박혀 화살촉이 튀어나온 것이다.

 "발렌!"

 고통스럽다. 아프다. 다리에 힘이 풀려 털썩 주저앉아 버렸다. 이바나가 그의 몸을 붙잡았다.

 "발렌…… 정신 차려!"

 "얼른 도망치세요……."

 "걱정하지 마. 내가 널 살려 줄 테니까. 그리고 복수도 해 줄게."

 "안 돼……."

 이바나가 안내인에게 발렌을 맡기고 일어난다. 발렌이

그녀를 말리려고 했지만, 그녀는 기어코 자리에서 일어나 바하족들에게로 향한다.

 말할 힘도 없다. 점점 시야가 초점이 맞지 않아 침침해진다. 그러나 이바나는 그의 만류에도 불구하고 발렌의 복수를 위해 일어났다. 그리고 이바나는 곧 당황했다. 마법을 쓸 수 없다는 것을 느낀 것이다.

 "도망……."

 소리를 치려고 했지만, 힘이 나지 않는다. 그의 목소리는 그녀에게 닿지 않았다.

 촤악!

 뭔가 베여지는 소리와 함께 이바나가 차가운 눈밭 위로 쓰러진다. 이바나가 허무하게 당하자 안내인이 공포에 질렸다.

 "히이이익! 사, 사람 살려!"

 안내인이 발렌을 버려두고 죽음의 공포에 도주해 버렸다. 바하족들은 시선을 이바나와 발렌에게 향하다가 안내인을 쫓았다.

 "발…… 렌……."

 이바나의 목소리. 그가 힘겹게 고개를 든다.

 "발…… 렌……."

 "이바나 씨."

아직 살아 있었다. 발렌이 그녀를 향해 몸을 움직였다. 그가 지나간 눈밭이 붉게 물든다. 힘겹게 그녀에게 이동한 발렌이 온전한 팔을 내밀어 손을 꼭 붙잡았다.

"복수…… 못했…… 미안…… 무리하지…… 마."

특정 단어만 들려온다. 무슨 말을 하고 싶은 건지 잘 모르지만 대충 이해할 수 있었다. 그 말과 함께 그녀에게 마지막으로 남아 있던 숨이 토해졌다.

그녀에게서 미동이 사라졌다. 그녀의 동공은 이미 풀어져 있다. 이바나는 공허한 시선으로 하늘만 바라보고 있었다.

"이바나 씨…… 제가…… 제가 반드시……."

말을 끝내기 전에 툭! 하고 손이 차가운 눈 위로 떨어졌다. 그러나 그들의 맞잡은 손은 풀어지지 않았다. 아름답게 펼쳐진 밤하늘이 다시 우중충해진다.

새하얗고 폭신한 눈송이가 그들 위에 살며시 내려앉았다.

*　　*　　*

"지켜드릴게요."

"갑자기 뭔 헛소리야?"

이바나의 목소리에 발렌은 순간 번쩍 정신이 들었다. 그리고 주변을 둘러보았다. 이바나가 멍한 표정으로 그를 바라보는 게 느껴졌다. 갑자기 뜬금없이 지켜드린다 뭐다 말하니 이상한 사람을 보는 듯한 시선이었다. 다시 드워필리지에 방문한 첫 날로 되돌아온 것이다.

"이, 이바나 씨……?"

발렌이 그녀가 멀쩡한 모습을 보고 그녀의 이름을 불러보았다.

"그래, 나야."

"이바나 씨."

"왜?"

"이바나 씨."

"왜 부르냐니까?"

이유 없이 계속 부르니 슬슬 짜증이 나려고 하던 이바나. 그러던 와중 발렌이 왈칵 그녀를 끌어안았다. 그 행동에 이바나의 눈이 커졌다.

"뭐, 뭐야! 가, 갑자기 왜……?"

갑자기 안겨서 당황했던 이바나는 도중에 이상함을 느꼈다. 발렌의 어깨가 들썩이고 있었다. 그녀가 조심스럽게 물었다.

"발렌…… 울어?"

"……."

아무 대답도 하지 않고 발렌은 그저 이바나를 꼭 끌어안은 채 조용히 흐느껴 울뿐이었다.

〈다음 권에 계속〉

정령왕 엘퀴네스

개정판

이환 판타지 장편소설

『숲의 종족 클로네』, 『은빛마계왕』의 작가,
이환 대표작 『정령왕 엘퀴네스』 완전 개정판!

어설픈 정령왕의 좌충우돌 모험기를 다시 만난다!

컬러 일러스트 · 네 칸 만화 · 캐릭터 프로필 & QnA
매권 미공개 외전 수록!

dream books
드림북스

불빨

화염포식자

중학교 때 한 말실수로,
쭉 왕따 인생을 살아온 최하급 헌터 김기환.
우연한 기회로 불을 '포식'할 수 있는 능력을 깨닫다!

최하급 헌터였던 한 남자의 통쾌한 성장기!
이루다 현대 판타지 소설

『불빨-화염포식자』

FUSION FANTASY STORY & ADVENTURE

사도연 퓨전판타지 장편소설

신세기전

이전에는 보지 못한 새로운 판타지
눈부신 신의 세계가 눈앞에 펼쳐진다!

사도연이 보여 주는 퓨전 판타지 장편소설!

DREAMBOOKS

DREAMBOOKS

DREAMBOOKS

DREAMBOOKS